SV

Gertrud Leutenegger
Panischer Frühling

Roman

Suhrkamp

2. Auflage 2014

Erste Auflage 2014
© Suhrkamp Verlag Berlin 2014
Druck: Pustet, Regensburg
Printed in Germany
ISBN 978-3-518-42421-6

Panischer Frühling

I

LOW WATER 0.68 m

An jenem Morgen im April, als auf einmal vollkommene Stille im Luftraum über London herrschte, lief ich zum Trafalgar Square. Der Platz lag noch im Schatten, nur hoch oben auf seiner Säule, in unerreichbarer Einsamkeit, stand Lord Nelson schon im Sonnenlicht. Sein Dreispitz wirkte schwarz vor dem Himmel, der von solcher Bläue war, daß es unglaublich erschien, wie eine Aschewolke dieses isländischen Vulkans den europäischen Luftverkehr lahmgelegt hatte. Alle Geräusche der erwachten Stadt drängten ungehindert und geradezu triumphierend in die Leere empor. Auf den roten Bussen glänzte die Feuchtigkeit des Taus. England war wieder ein Inselreich. Mitten im Menschenstrom eilte ich zur Themse hinunter, im Gedränge vor der Embankment Underground Station war mir flüchtig, als hätte jemand mir gewinkt, aber ich durchquerte ohne Zögern die Halle. Hinaus auf den Quai, zum Fluß! Der blanke Frühlingshimmel warf sogar auf das Wasser, sonst immer bräunlich trüb, eine Illusion von Blau. Es war Ebbe, kaum ein

Wellengekräusel, der Schotter am Ufer roch durchdringend nach Meer.

Mit zurückgelegtem Kopf blickte ich forschend in den Luftraum hinauf, in dem nun offenbar diese winzigen Aschepartikelchen trieben, die einen nur wie Dreckstaub, ohne Gestalt und Struktur, die anderen bald spitz wie Nadeln, bald abgerundet, ausgefranst oder gezackt wie Kristalle. Und auf einmal sah ich wieder uns Kinder am Aschermittwoch auf dem Hauptplatz, nach dem Verlassen der Kirche, einander ebenso begriffsstutzig anstarren wie ich jetzt den Himmel, in dem nur die Vögel flogen. Meist war noch tiefer Winter gewesen, wie eine glitzernde Geisterkulisse umschlossen die verschneiten Berge den Talkessel, auf unseren Wollhandschuhen gefroren die Schneeflocken zu Eisklümpchen, nur manchmal gurgelte schon das Schmelzwasser in den Dachtraufen der Kirche, und anstatt dem Schulhaus zuzustreben, blieben wir einfach mitten auf dem Hauptplatz stehen und betrachteten fassungslos unsere jähe Vergreisung. In langen Reihen waren wir vor den Chor getreten, immer deutlicher wurde das unablässige Gemurmel des Pfarrers hörbar, der jedem die geweihte Asche aufs Haar streute, gedenke Mensch, daß du Staub bist und wieder zum Staub zurückkehren wirst, gedenke Mensch, daß du Staub bist, besonders die kleineren Jungen schüttelten sich unverzüglich, als hätten sie einen gräßlichen Juckreiz empfangen oder als wären sie von Flöhen befallen worden, wir Mädchen aber standen unter dem blauen Winterhimmel auf dem Hauptplatz und sahen uns in unvorstellbarem Tempo alt werden. Mochten die einen nun auch den Kopf energisch vornüberwerfen und sich lachend die Asche wegreiben, die Haare blieben grau. Abends vor dem Spiegel war die Asche immer noch da, ich schlief kerzengerade, damit sie nicht auf das weiße Kissen fiel, so erschreckend schnell also konnte die berauschend unabsehbare Zukunft vorüber sein, noch tagelang blieb der Haaransatz fahl.

Ich hatte mich bei den beiden Sphinxen an der Themse auf die Quaimauer gesetzt. Die aus Bronze gegossenen Fabelwesen schimmerten matt und gleichmäßig, als wären sie aus schwarzem Ebenholz. Ein Lächeln umspielte ihre vollen Lippen, ruhevoll streckten sie einander ihre Pranken entgegen, obwohl die eine Sphinx voller Schrammen und Narben war, getroffen vom ersten Luftangriff deutscher Flieger auf London, wenige Minuten vor Mitternacht, am 4. September 1917, wie eine Tafel festhielt. In kleinen Duplikaten bevölkerten die Sphinxe auch die Quaibänke in der Nähe, sie unterteilten diese in einzelne Sitzplätze. Um ungestörte Privatheit zu ermöglichen oder um Obdachlose am Schlafen zu hindern? Fast unmerklich stieg die

Flut, umspülte die Steine, vertrieb die herumhüpfenden Tauben, löschte Spuren von Menschen und Tieren. Eine Flipflopsandale, eingebacken im Sand, leistete lange Widerstand, dann wurde sie fortgeschwemmt. Der Meergeruch hatte sich verflüchtigt. Die Sphinxe träumten mit offenen Augen, ihre Blicke gingen die Themse hinauf und hinab, aber sie hatten das Chaos der schwankenden Segler und Schiffe mit ihren exotischen Frachten nicht mehr gesehen. Schon vor ihrer Ankunft hatten die East und West India Docks im Osten der Stadt ihren Betrieb aufgenommen, und tief in der Vergangenheit war jenes Britannien versunken, das einst ganz von gewaltigen Eichenwäldern bedeckt gewesen war.

Nie hat ein Fluß mich mehr verwirrt als die Themse. Wenn die Gezeiten wechselten, entstand ein quirlender Stillstand. Drängten die Wassermassen ins Landesinnere oder meerwärts? Unverwandt schaute ich in die miteinander im Widerstreit liegenden Strömungen. Vor meinen Augen begann alles zu kreisen und sich zu drehen. Da schwammen wieder, wie vor Jahrtausenden, Eichen aufrecht im Fluß! Unterspült von den Fluten, hatten sie sich vom Ufer losgerissen, umklammerten jedoch fest mit den Wurzeln ihr Erdreich und trugen es mit sich fort. Preisgegeben den Winden, ragten die Kronen der Eichen empor, mitten auf dem Strom treibend erschreckten sie in der Nacht die römischen Legionen, die das riesige Takelwerk der Äste für feindliche Schiffe hielten und, benommen oder betrunken, eine Schlacht gegen die Bäume anfingen. Dabei waren die Eichen doch wohl eher auf der Flucht, dem offenen Meer zu, als ahnten sie das kommende Zerstörungswerk, ihr Niederbrennen und Niederschlagen, für Siedlungen und Schiffbau, und das Einzäunen ganzer Hügel und Ebenen für die Jagd, Überwachung und Exekutionen, während der Wald doch den Verrückten gehört und der Kindheit.

Das rätselhafteste Zimmer in meiner Erinnerung ist ein Waldzimmer. Seine Tapeten waren lindengrün. Die darauf gemalten Bäume sollten gewiß Linden darstellen, doch sie waren zu einem Wald versammelt, und in das Laubmeer mischten sich auch die Blätter von Buchen und Eichen. Dieses Zimmer aber befand sich nicht auf einer abgelegenen Lichtung, sondern im Pfarrhof unseres Onkels, und in den Sommerwochen schlief mein Vater darin. Gestern nacht war ich wieder im breiten Gang des alten Hauses gewesen, das Licht verdämmerte so rasch, daß die verschiedenen Türen schon nicht mehr zu erkennen waren. Plötzlich wurde ich umarmt, so stark, daß mich die Umarmung wie ein Feuer durchdrang, da sah ich auf dem im Dunkeln verschwindenden Gesicht Tränen, Tränen! Jetzt stand ich am Morgen an der Themse und verfolgte das Flirren der Wellen, ihre Unruhe, ihr Einanderüberholen und Widersprechen. Nicht mehr die Eicheninseln kreisten auf dem Fluß, sondern jenes lindengrüne Waldzimmer, und mit ihm der ganze Pfarrhof, der rote Saal, das blaue Kabinett, die Laube, Julihitze und helle Nächte. Allein in einer der am dichtesten bevölkerten Städte der Welt, war mir mit einem Mal, als sei ich vielleicht in jenem stets nur für einen Sommer geliehenen Haus, gerade wie kein anderes von der unerbittlich ablaufenden Zeit bedroht, am geborgensten gewesen.

2

HIGH WATER 6.77 m

Im Getöse des Verkehrs, das unter den Brückenbogen der Themse widerhallte, kehrte ich zur Underground zurück. War da wirklich ein Winken gewesen? Etwas zerstreut blickte ich um mich. Die Tulpenknospen in der schmalen Gartenanlage sprangen in so grellen Farben auf! Leuchtende Bänder, schlängelten sie sich zwischen dunklem Buchs hindurch, schneeweiß, flackernd orange, violett, kanariengelb. Hinter der Gedenktafel an die Terrorattentate vom Juli 2005 schlief jemand, unkenntlich zusammengerollt in einem schwarzen Plastiksack, es roch nach verschüttetem Bier und Hyazinthen. Die Stadt wird überdauern, sie ist die Zukunft unserer Welt, stand auf der Gedenktafel, für alle Londoner in unserer großen Stadt. Schauer des zartesten Grüns überliefen die Sträucher und Bäume der Parks, wie Falter mit vom Wind geblähten Flügeln warteten die noch unbesetzten Liegestühle. Bis heute aber geht, ohne auch nur einen Schritt zu taumeln, als wäre sie eine lebende Mumie, das Gesicht bedeckt von einer weißen Gazemaske, eine junge Frau am Arm eines Feuerwehrmanns durch die Underground Station von Edgware Road, sie geht, ohne zu wanken, um sie nur Rauch, Blut und Schreie. In die Gazemaske sind halbrunde Schlitze um die Augenhöhlen, den Mund und die Nase eingeschnitten, sie müsse unbedingt sofort zur Arbeit, wiederholt die junge Frau, schon die ganze lange Fahrt über, vom East End her kommend eingezwängt zwischen den Passagieren der Circle Line, habe sie sich das anstehende Tagesgeschäft vorzustellen versucht, doch, ja, es sei da ein ungeheurer Knall gewesen, und links von ihr ein Feuerball, der nach rechts um sie herumjagte und dann erlosch, aber warum nur die Leute so entsetzt vor ihr zurückgewichen sind? Immer noch stützt der Feuerwehrmann die junge Frau mit der weißen Gazemaske, bitte, wehrt sie ab, ich muß dringend zur Arbeit, ich bin bereits so verspätet.

Durchsichtige Wolkenschleier eilten am Himmel dahin. Ich fuhr zurück ins East End, vom Whitechapel Market schallten mir die Rufe der Bengalen und Pakistani entgegen, die ihre Waren anpriesen, schrill und monoton, eine hypnotisierende Litanei. Die Plastikplanen der Stände knatterten. Die Korianderberge, am Morgen noch frisch, lagen wie schlaffe Kissen, grüne Matratzen herum. Die rote Briefkastensäule bei mir um die Ecke wurde, wohl wegen des Vulkanausbruchs, seit Tagen nicht geleert. Ein magerer wilder Rosenstrauch wuchs hinter ihr aus dem Asphalt, vielleicht würde er im Herbst ein paar Hagebutten tragen. Die Sirenen der Ambulanzen beim nahen Royal London Hospital heulten, und der singende Eiswagen drehte, manchmal abrupt seine Melodie unterbrechend, trotz der Kälte seine letzten Runden. In den Wohnungen gegenüber gingen da und dort die Lichter an. Von den bengalischen Nachbarn, die zwar meist bis kurz vor ihrer Tür in ihre Handys hineingestikulierten, war nachher nichts mehr zu hören, während hinter dem Küchenfenster der einzigen nichtasiatischen Familie mit zunehmendem Dampf auch das Gezanke und Geschrei anwuchs. Diese Familie bestand aus zwei Müttern, beide krankhaft bleich, einem offensichtlich arbeitslosen Mann und zwei Kindern, der kleine dunkle Junge war ein Wirbelwind mit schwarzem Kraushaar, das Mädchen hellblond, übergewichtig, und es trug jeden

Tag Ringelsocken von nicht übereinstimmender Farbe.

Auch vor dem Nachthimmel strahlten die wilden Kirschbäume, die selbst in den engen Hintergärten verschwenderisch blühten. Fast unverständlich kam mir jetzt die eigenartige Furcht vor, die mich am ersten Abend in dieser Gegend beim Herumschlendern befallen hatte. Ich war in eine breite, aber schwach beleuchtete Straße geraten. Es ging gegen Mitternacht, die kleinen Läden mit Eisengittern verrammelt, sogar die Stehbars waren am Schließen. Ein eisiger Wind fegte den Abfall von einer Straßenseite zur andern, und an einem bestimmten Punkt überkam mich das unabweisbare Gefühl, die Düsternis ringsum verdichte sich zur Bedrohung. Ich stand an der Stelle, wo die Commercial Road in die Whitechapel High Street mündet. Erst später erfuhr ich, daß es genau hier am 4. Oktober 1936, eine halbe Stunde vor dem Marsch der Schwarzhemden von Sir Mosley in die Cable Street, den aufgebrachten irischen Dockarbeitern, vereint mit der jüdischen Bevölkerung des East End, gelungen war, trotz Einsatzes der berittenen Polizei, die mit Schlagstöcken auf die Menge losging, die Straße zu blockieren. Eben erst angekommen, durchlässig und überwach, hatte sich mir unerkannt etwas von der Gewalt und Widerstandskraft dieses Ortes mitgeteilt.

Unter meinem Fenster war das schwarze Londoner Taxi verschwunden. Den Fahrer hatte ich noch
nie gesehen, wahrscheinlich war er nur nachts und
bis in die Frühe hinein unterwegs. Tagsüber fand
ich das Taxi meist ein paar Handbreit vor meiner
Tür parkiert, und Spuren des Frühlings, klebrige
Knospen, sammelten sich auf seinem Dach. Jetzt
war es fort, der Fahrer chauffierte wohl Ruhelose,
Grölende, Betrunkene und Übernächtigte durch
die manchmal blendend ausgeleuchteten, manchmal finsteren Straßen der Stadt, die nachts den unterirdischen Trakten der Underground zu gleichen
begannen. Ich schaute in den nächtlichen Himmel hinauf, in dem nie die blinkenden Bahnen der
Sterne sichtbar wurden, und versuchte mir jenes
Gesicht zu vergegenwärtigen, das so rasch und nah
im Traum vor mir aufgetaucht war und das ich dennoch nicht hatte erkennen können. War mein Vater
aus dem Waldzimmer getreten oder mein Onkel
aus seinem blauen Kabinett gegenüber? Warum das
glühende Glücksgefühl der Umarmung, woher die
Tränen? Die gemalten Linden und Eichen wuchsen aus den Tapeten in das Waldzimmer hinein und
verankerten es in einem monströsen Wurzelwerk,
welches das ganze Haus mit sich fortriß, hinaus auf
die Themse, da schwamm und kreiste es wieder vor
meinen Augen! Und ich mußte unser Sommerhaus
absondern aus den Fluten, es anhalten und in ru-
hige Aufmerksamkeit nehmen, an den Ufern des

fremden Flusses nochmals jenen frühen Horizont um mich ziehen. War dies eine mögliche Antwort, der Tribut an das im Dunkel entschwindende Gesicht?

3

LOW WATER 0.70 m

In einem pakistanischen Eßlokal, in das ich von der Straße her hineinschaute, sah ich in einem kleinen Fernseher, seit kurzem auf einem Mikrowellenherd direkt unter der niedrigen Decke postiert, den Vulkan weiter mit Wucht Asche ausspeien. Über einem rußig schwarzen Wolkengewoge türmten sich hellere Kumulusgebirge, sie änderten in rasender Geschwindigkeit ihre Formationen, und man hatte den Eindruck, sie würden in der nächsten Sekunde den kleinen Fernseher zum Explodieren bringen. Die Sprecherin verhaspelte sich beim Namen des Vulkans, Eyjafjallajökull, eja, eja, das alte Krippenlied fiel mir ein, eja, eja, ein Kindelein, das hab' ich auserkoren, sein eigen will ich sein, und wie meine Mutter mit Leidenschaft ausrief, nein, das habe sie nie verstanden, diesen grausamen Kindermord von Bethlehem! Und wie alle unschuldigen Neugeborenen um des Gotteskindes willen hingemetzelt wurden, und wenn man an die wehklagenden Mütter denke, könnte man irrewerden an der Heiligen Nacht. Die Gäste in dem pakistanischen Eßlokal blickten während ihrer Mahlzeit gleichmütig hin und wieder nach dem unruhigen Vulkan. Die herausgeschleuderten Aschewolken nahmen mehr und mehr das Aussehen eines Atompilzes an, doch draußen glänzte ein ungetrübter Frühlingshimmel, und auch ich spürte etwas von jener seltsamen Aufgeräumtheit, die Menschen manchmal beim Hören von einer Katastrophe, ist sie nur weit genug entfernt, erfaßt.

Ich verfolgte immer noch den unermüdlichen Vulkan im Fernseher, als durch den Lärm des Verkehrs und des Whitechapel Market sich beharrlich ein Geräusch an mein Ohr heranarbeitete. Es kam immer näher, ein unerbittliches Metronom. Endlich wandte ich den Kopf und sah wenige Meter vor mir eine der völlig verschleierten Frauen in ihrem schwarzen Niqab, die einen weißen Blindenstock auf das Trottoir schlug. Sie tat es in einem heftigen gleichmäßigen Rhythmus, und inwieweit ihr der schmale Augenschlitz ihres Niqab, der über dem Nasenbein durch einen dicken gezöpfelten Faden zusammengehalten wurde, überhaupt noch von Nutzen war, erschien zweifelhaft. Ohne auch nur im geringsten langsamer zu werden, ging sie dicht an mir vorüber. Nichts an ihr verriet, ob sie alt oder

jung war. Sie schlug nur unablässig ihren Blindenstock auf, und noch lange hörte ich dieses Schlagen
sich in der Menge verlieren, furchtbar im Nach-
hall, wie der Sekundentakt der Zeit. Und plötzlich
wurde es still in dem Eßlokal. Die Ascheeruption
im Fernseher wurde immer dichter, stieg immer
höher, ein gigantischer schwarzbrauner Blumenkohl. Der Tag wandelte sich zur Nacht. Ein uner-
meßlicher finsterer Aschevorhang legte sich über
die Gehöfte am Fuß des isländischen Vulkans. Die
Sichtweite konnte höchstens noch ein paar Schritte
betragen. Schemenhaft sah man Katastrophenhel-
fer mit weißen Staubmasken, die einen verzweifelten Bauern daran hindern wollten, sein entlaufenes
Pferd zu suchen. Ein alter Pakistani, der bei den
Bildern der alles verdüsternden Aschewolke aufgehört hatte zu essen, ließ seinen halbvollen Teller
stehen und ging hinaus auf die Straße.

Später überquerte ich die London Bridge. Bis in
die letzten Morgenstunden hinein strömte stets
eine Masse von Menschen von der Südseite her
über die Brücke und am frühen Abend in die um-
gekehrte Richtung wieder zurück. Ich mußte gegen den scharfen Wind ankämpfen, die äußerst
entschieden vorwärts eilende Menge, ich liebte die
London Bridge, die unspektakulärste von allen
Themsebrücken, wie keine andere. Grau, unan-
sehnlich, funktional, wie sie war, wies nichts darauf

hin, daß hier, nur hundert Fuß östlicher, über sechs Jahrhunderte lang die alte London Bridge gestanden hatte, dicht bestückt mit Toren, Türmen, Häusern, Läden, die immer wieder in Flammen aufgingen, in die Themse hinunterstürzten, von Aufständen und Rebellenattacken erschüttert wurden, triumphale Rückkehren aus der Schlacht und mehrere Frostjahrmärkte sahen. Die Vergangenheit hatte sich in Luft aufgelöst, die blau, auch heute ohne Flugzeuge, und von seltener Reinheit war. Nur die Menschen strömten endlos über die Brücke. Vom Uferquai aus wirkten sie sehr klein und als würden sie von einem Fließband getragen, die Beine, Aktenmappen, Taschen mit Thermosflaschen und Lunchdosen waren verdeckt durch die Brüstung, lediglich die Köpfe glitten über deren Rand dahin wie die Laichschwärme einer unausrottbaren amphibischen Spezies.

Kurz vor dem südlichen Ende der Brücke fiel mir das Profil eines jungen Mannes auf, das sich unbeweglich zwischen den auf mich zutreibenden Menschen abzeichnete. Der Mann mußte schon nahe der Treppe stehen, die zur Themse hinunterführte. Er war groß, schlank, trug eine schwarze Lederjacke, und wie auf einem Renaissancebildnis nahm ich zuerst die feingeschwungene Nase wahr, da die mir zugekehrte Gesichtshälfte unter dichtem dunkelblondem Haar, das im Sonnenlicht in einem unübersehbaren Rotton schimmerte, verborgen war. Ich ging geradewegs auf ihn zu, vor ihm auf dem Boden lag ein Zeitungspacken. Er hielt auch im Arm zusammengerollt eine Zeitung, ohne Anzeichen, diese verkaufen zu wollen. Vor ihm stehenbleibend, blickte ich sofort auf den Zeitungspacken hinunter, es war die Obdachlosenzeitung. Der junge Mann mußte gleichzeitig mit mir sich vorgeneigt haben. Erst als ich den Kopf hob, sah ich in sein Gesicht.

Mein Entsetzen war um so größer, als das Profil des jungen Mannes, aus einer fernen Epoche herkommend, mich unwillkürlich angezogen hatte. Die eine Wangenseite, die anfänglich durch das volle Haar versteckt gewesen war, bot sich geschwollen und wie von Fäule befallen dar, als würde sie von innen her von einem Tier zerfressen. Krampfhaft fixierte ich erneut den Zeitungspacken zu Füßen des jungen Mannes, er schien es indessen gewohnt zu sein, den Interessierten Zeit zu lassen. Entschlossen, mit allem Willen über die Entstellung hinwegzusehen, schaute ich wieder auf. Zwei Augen von einem hellen Taubengrau musterten mich. Ich erinnere mich an Sie, sagte der junge Mann. Und jetzt ging ein Lächeln über sein Gesicht, zumindest über die unversehrte Hälfte, über die andere, wo der Mundwinkel verzerrt war und nur kurz zuckte, hatte er offenbar keine Kontrolle.

Ich habe Sie hier noch nie angetroffen, sagte ich, inzwischen gefaßt, ich bin an verschiedenen Standorten, sagte der junge Mann mit großer Höflichkeit, aber die London Bridge, auf der Südseite, ist mein Stammplatz. Hauptsache Südseite! Er lachte. Fragend suchte ich in seinen Augen, deren Grau sich plötzlich glänzend verdunkelte. Ich stand immer noch vor ihm, ohne eine Zeitung gekauft zu haben. Bremsen kreischten, Busse fuhren an, Fußgänger hasteten bei Rot über die Fahrbahn. Selbst die Brückenenden vibrierten vom Verkehr. Einer der nur noch wenigen Lastkähne mit Containern fuhr auf der Themse, ein Klipper brauste an ihm vorbei, beide aber überholte ein winziges flitzendes Polizeiboot. Mit unüberhörbarer Schüchternheit, doch zugleich mit einem Anflug von brüskem Stolz, fragte der junge Mann, kommen Sie morgen wieder?

Kaum war ich die Treppe zur Themse hinabgestiegen, wurde es schon so ruhig, daß ich das Glucksen der Wellen vernahm. Der scharfe Wind hörte schlagartig auf, abgewehrt durch die hohen alten Speicheranlagen, und wo die Dampfer einst ihre Frachten mit Rum, Zucker, Tabak, Tee, Kaffee löschten, überwölbte jetzt eine langgestreckte Glaskuppel einen zum Fluß hin offenen Platz. Ich trat in die Passage ein, verwundert über ein durchdringend helles Vogelgezwitscher, das aus der

Höhe kam. Den Kopf zurückgelehnt, vermochte ich unter der Glaskuppel nur einige wenige Vögel zu entdecken, die allerdings, durch die filigrane Konstruktion der Stahlrippen genügend vor dem Aufprallen gegen das Glas gewarnt, in sicherem Flug sich hin und her bewegten und zuweilen in eine derart frenetische Geschwindigkeit hineinsteigerten, als würden sie sich an ihrem eigenen Gezwitscher berauschen. Dieses löste denn auch unter der tonnenförmigen Glaskuppel ein so vielfältiges Echo aus, daß mir auf einmal war, als befände ich mich nicht mehr mitten in der Stadt, sondern als erwachte ich in der Frühe in einem Wald. Ich bog den Kopf noch weiter zurück und schloß die Augen. Zarte Pfeifsignale, drängende Antwortrufe, Kaskaden von Tönen, jubilierende Triller erhoben sich aus den noch nachtschattigen Bäumen, und es war der erste Morgen der Welt.

4

HIGH WATER 6.55 m

In der letzten Abendsonne saß ich beim alten Fischmarkt an der Themse. Ich hatte mich auf die oberste Stufe der Treppe gesetzt, die zum Wasser hinunterführte. Nur noch wenig war von den Pfählen zu sehen, die bei Ebbe das verlassene Marktgebäude, das einem venezianischen Palast glich, wie hohe Stelzen trugen und die vielen Säulen der Kolonnade unter Wasser fortzusetzen schienen. Schräg fielen die Lichtstrahlen über die London Bridge auf die Wellen und entzündeten ein hastiges Gleißen. Auf den beiden Ecktürmen des Fischmarktes blitzten die Wetterfahnen, jede in Gestalt eines stacheligen Kugelfisches. Die Zeitungen meldeten, daß die Eruptionswolke der Asche auf achttausend Meter Höhe angewachsen war. Ich versuchte, die Menschen am Südende der London Bridge zu erkennen, aber sie wirkten nur wie Scherenschnitte im Gegenlicht. Ihre Umrisse kippten ins Wasser und vermengten sich mit den Schatten derjenigen, die in früheren Jahrhunderten hier vorübergeeilt waren, betäubt vom Gestank des fauligen Flusses, in den alle Abwässer Londons gepumpt wurden, und bis zur Übelkeit erregt vom penetranten Fischgeruch, selbst die seidenen Taschentücher, welche sich die Parlamentsmitglieder auf ihrem Weg nach Westminster an die Nase preßten, waren nutzlos.

Flachen Kieseln ähnlich hüpften die Lichtfunken auf der Themse. Sie hatten den schuppigen Glanz meines Kindes in jenem Traum, lange bevor es auf die Welt gekommen war, in einer Geburtstagsnacht meiner Mutter in ihrem dunkelnden Haus. Ein Fischkind! Staunend hielt ich es nah vor mein

Gesicht. Seine linke Hälfte war bedeckt mit von Grün zu Blau phosphoreszierenden Schuppen, ein so lebhaftes Schillern, daß ich davon geblendet wurde. Doch auf einmal fühlte ich das Rieseln der Fischschuppen auf meinen Händen, immer mehr, immer stärker, endlich war das kleine Wesen ganz davon befreit. Ich hatte es doch eben erst geboren, aber schon lachte es, lachte derart vergnügt, daß die letzten silbrigen Schuppen aus seinem borstigen schwarzen Haar fielen und ich an seinem Lachen erwachte. Es bekam später denselben Namen wie das Kind, das sacht eingewickelt bis zum Kinn in einem Seitenschiff der Westminster Abbey in seiner Marmorwiege liegt. Drei Tage nur sah die kleine Königstochter vom Anfang jenes Jahrhunderts, das London die Pest, den Großen Brand und die Glorious Revolution bringen sollte. Wohl nie mehr würde ich das Kind in seiner Marmorwiege so still antreffen wie gestern am Nachmittag vor der Vesper. Die Westminster Abbey war, vielleicht auch wegen des unterbrochenen Luftverkehrs, seltsam leer gewesen und durchstrahlt vom untergehenden Frühlingslicht. Nur in einem Spiegel kann man das marmorne Gesicht des Kindes, das abgewandt vom Betrachter in seiner Wiege liegt, sehen, aber einmal so mit ihm in Zwiesprache getreten, gibt es für den über die Jahrhunderte hinweg wach gebliebenen Schmerz kein Entrinnen mehr. Die Präzision, mit der das Kind eingewickelt wurde, verschärft ihn noch. Das kleine Gesicht kam mir gar nicht wie aus Marmor, eher wächsern vor, und beinahe durchpulst von Leben. So wie aus noch warmem Wachs, feingliedrig geformt und ganz ohne sichtbare Adern, hatte ich zu dem Kind im Spiegel gesagt, sind die Hände eines anderen Mädchens, das deinen Namen trägt, aber es hat die Todesbedrohungen der Kindheit überstanden, es ist groß geworden. Doch jetzt hat es sich in die Gefahren des Erwachsenwerdens gestürzt, die Regenwälder des Amazonas haben es verschluckt, nur manchmal sendet es Signale!

Ich schaute auf meine Hände nieder, die mir auf einmal nicht mehr wie meine eigenen erschienen. Die blauen Adern auf dem Handrücken traten unnatürlich hervor, wie Gebirgsbänder hinterließen sie Schattentäler dazwischen. Durchpflügt und zerfurcht boten diese Hände sich dar, fremd, unheimlich fremd, und doch so vertraut. Es waren die Hände meiner Mutter. Unmerklich waren sie mit mineralischer Härte aus meinen eigenen Händen herausgewachsen. An die Hände meines Vaters kann ich mich nicht mehr erinnern. Im verlöschenden Licht wollte ich nochmals die Menschen am Südende der London Bridge beobachten. Aber alles flimmerte vor meinen Augen. Als ich mich der Underground Station näherte, schallte mir eine Lautsprecherstimme entgegen, die eindringlich daran erinnerte, daß der gesamte Flugverkehr stillgelegt sei. Aus den Tiefen der Rolltreppen wehten schwüle Spiralwinde herauf.

5

HIGH WATER 6.88 m

Jeden Morgen ertappte ich mich dabei, daß ich erstaunt war, auf dem Fenstersims und auf den Dächern nicht einen Ascheschleier vorzufinden. Nachts untersuchte ich manchmal das freie Straßenstück, auf dem sonst das schwarze Taxi parkierte. Aber nicht einmal Regen fiel aus dem auch um Mitternacht erleuchteten Londoner Himmel, sogar die Wolken waren noch hell und die blühenden Bäume weiß, riesige Blumensträuße im Dunkeln. In jenen Tagen begann mein stundenlanges Herumstreunen in den Gärten und Parks. Die Mooskissen dufteten, Narzissen bildeten ganze Teppiche, doch nichts wühlte mich so auf wie die in einem tiefen Blau stehenden Bäume. Nie hatte ich so etwas gesehen, diese verschwenderische blaue Blütenpracht, als hätte man Kirschbäume in königsblaue Tinte getaucht. Ein Blauton, den man gar nicht gewohnt ist, in der Natur anzutreffen. Hatte nicht das Kabinett meines Onkels dieses Blau? War das lindengrüne Zimmer

27

meines Vaters gegenüber das Waldzimmer, so war das Kabinett meines Onkels das Seezimmer. Seine stille Sogwirkung entfaltete es auch durch den Gegensatz zu dem unmittelbar angrenzenden roten Saal, meist etwas tumultuarischer Aufenthaltsort meiner Mutter mit uns Kindern. Der rote Saal, von herrschaftlichem Ausmaß, mit einer weißen Stuckdecke und flammend purpurroter Tapete, war eigentlich für bischöfliche Visiten gedacht, aber in den Sommerwochen wurde er uneingeschränkt zu unserem Reich. Den schweren Eichentisch, Mittelpunkt von Rechenschaftsberichten und theologischen Disputationen, funktionierten wir sofort zu einem Pingpongtisch um. Das erste jedoch, was wir beim Erstürmen des roten Saals überprüften, war das Harmonium, dessen Pedale mit voller Wucht getreten werden mußten, um ihm überhaupt noch einige ächzende Töne zu entlocken. Zwei an sich schon geräumige Betten wurden zu einer einzigen Lagerstatt zusammengeschoben, und da schliefen wir dann, mit dem Blick auf die lange Fensterreihe gegen Süden, meine Mutter und wir Kinder, fürstlich vereint. Natürlich entstand, wegen des leidigen Grabens zwischen den zwei Betten, oft ein Gerangel, bis die Mutter ihn mit irgendwelchen alten Kissen ausstopfte. Nachher ließ sie uns, glücklich darüber, wieder bei ihrem Bruder zu sein, restlos gewähren.

Meinen Onkel schien der Kinderlärm zu beflügeln. Noch rascher schritt er in seiner schwarzen Soutane durch die breiten Gänge, noch früher begann er, in seinem Kabinett, dessen Blau bei Tagesanbruch mitternächtlich leuchtete, leise zu rumoren. Er rüstete sich für die Frühmesse auf dem Ramersberg. Aber wir hörten ihn fast nie im Schlaf, wenn er auf seiner Vespa die kurvenreiche Straße hinaufbrauste, auf der er später an einem frostigen Wintermorgen so unglücklich stürzen sollte, daß er nie mehr seinen Roller besteigen konnte. Wenn wir aufwachten, stand die Tür zum Kabinett meines Onkels weit offen. Es war leer, nur das Morgenlicht spielte auf der dunkelblauen Tapete. Ein verhaltener Duft von Weihrauch strömte mit den Lichtwellen aus dem Kabinett, ob mir deshalb die blaublühenden Bäume Englands wie von sakraler Festlichkeit erschienen? Und doch war erst April und die üppige Blütenfülle der Bäume nur eine Vorahnung der unfaßlichen Explosion der blauen Glockenblumen in den Wäldern. Wie eine Brandung würden sie die Bäume umspülen, jeden Mai trat das Meer über die Ufer und überflutete die letzten Waldgründe. Jetzt aber waren die Nächte noch kalt. Auf den ausgebreiteten Wellkartons der Obdachlosen an der Whitechapel Road traten die Schlafspuren frisch hervor, deutlich eingepreßte Körperabdrücke, doch die von Schmutz starrenden Decken waren immer dieselben. Im nachhinein wunderte ich mich darüber, daß der junge Mann auf der London Bridge, trotz der Verunstaltung der einen Wangenseite, so klar gesprochen hatte. Es war mir sogar ein leicht singender Akzent im Ohr geblieben. Der isländische Vulkan gab auch keine Ruhe.

6

LOW WATER 1.05 m

Am vierten Tag der Flugstille über Europa erinnerte sich Großbritannien daran, daß es eine Seemacht ist. Der Premierminister verkündete, die drei größten Schiffe der Royal Navy seien unterwegs an die Küsten des Kontinents, um Zehntausende gestrandete Briten heimzuholen. Im kleinen bengalischen Bazar im East End, wo ich stets meine Wasserflaschen und die Zeitung holte, beugte ich mich mit dem Bazarbesitzer, der die Times auf der Kühltruhe ausgebreitet hatte, über die Schlagzeilen. Endlich! applaudierten die Berichterstatter, Dünkirchen! Die Seeschlacht von Trafalgar! Spanische Armada! Der Bazarbesitzer kommentierte die Aufregung mit einem irritierten Lächeln. Auch die übrigen Bengalen, die manchmal einzeln, manchmal in Gruppen den Laden bevölkerten, wirkten ungerührt. Dieser Vulkan mochte zwar in der Ferne Asche ausspucken, aber die gestrandeten Briten steckten nicht in einer Schlammlawine fest, wurden nicht von einer Flutwelle fortgerissen, von keinem Hurrikan weggefegt, stürzten nicht in sich öffnende Erdspalten. Warum nur dieses Drama um ein paar unvorhergesehene Übernachtungen auf dem Boden einer Flughafenhalle? Schön war heute morgen der blaue Aprilhimmel, stiller und glänzender als sonst, aber dieses flüchtige Leben, seit Generationen von Kind an bedroht, jeden Augenblick konnte man es verlieren. Ob aus diesem Daseinsgefühl die Art der Begrüßung und Verabschiedung unter den jungen Männern kam, wenn sie sich auf der Whitechapel Road trafen? Sie gingen immer ein wenig wie in Trance, als seien sie nicht ganz hier, auf dieser Straße in London, um sich gegenseitig dann doch im letzten Moment zu bemerken. Sehr nah steckten sie kurz die Köpfe zusammen, und wenn sie sich wieder trennten, war es eher ein Voneinanderweggleiten, wobei sie sich merkwürdig beiläufig, doch bedeutungsvoll, irgendwie verschwörerisch, die Hand gaben.

Einen anderen kleinen Laden in der Nähe hatte ich noch nie betreten. Es war ein Eckhaus, die Ladentür hatte nur ein schmales Fenster, dahinter herrschte solche Dunkelheit, daß man kaum etwas erkennen konnte. Dieses Türfenster war durch ein pompös geschwungenes Gitter, das vielleicht zwei Initialen darstellen sollte, abgesichert, und ein Pappschild war darin eingeklemmt, Nur zwei Kinder auf einmal! stand in fetten schwarzen Buchstaben darauf. Im Grunde war es verwunderlich, daß überhaupt mehr als nur ein Kind erlaubt war, denn der winzige Laden gehörte zwei zittrigen alten Männern, Zwillingen, die sich offensichtlich vor den Kinderbanden der Nachbarschaft fürchteten. Aber die kleinste Größenordnung war für sie, als Zwillinge, wahrscheinlich eben doch zwei, jedenfalls traf ich die beiden immer zusammen an. Sie trugen Tag für Tag den gleichen Nadelstreifenanzug, der so abgeschossen war, daß er sehr ärmlich wirkte, und identische Baskenmützen, aus einem karierten Wollstoff, auch wenn die Sonne schon wärmer schien. Meistens begegnete ich ihnen im Supermarkt, wo sie regelmäßig in die Haushaltssachen vertieft waren, als müßten sie dauernd ihr Zuhause neu einrichten. Allerdings schien ein Kaufentschluß von größter Tragweite zu sein. Jeder der Zwillinge war mit einem Blöckchen bewaffnet, auf dem sie die Preise festhielten, die vergleichenden Auseinandersetzungen arteten aber manchmal in so konträre Meinungen aus, daß die beiden einander mit ihren Blöckchen auf den Kopf schlugen, obwohl ihre Hände so tatterig waren, daß sie sich dabei wiederholt verfehlten.

Immer dringender zog es mich zur London Bridge. Wie ein tagelanges Echo hörte ich die Stimme in mir, kommen Sie morgen wieder, auch den leichten Singsang in der Frage. Doch je mehr ich dachte, es war vielleicht nicht nur eine Redensart, eine Grußfloskel, nein, eine unmißverständliche Aufforderung, desto mehr entfernte ich mich von der Themse. Ich bestieg weder einen Bus, noch ging ich hinab in die Underground, ich lief einfach nur immer weiter ostwärts. In der Mittagsstunde, in der eine erste Ahnung von Wärme lag, war ich schon nahe beim Kanal und bog in die Innenhöfe eines verzweigten Gebäudekomplexes ein. Collegestudenten, die meisten asiatischer Herkunft, aßen ihren Lunch, dösten oder schliefen auf schmalen Rasenstreifen, und unversehens stand ich, eingezwängt zwischen Neubauten, vor einem vollkommen kahlen rechteckigen Gräberfeld. Sein Ausmaß wirkte dennoch erstaunlich. Kein einziger Baum fand sich innerhalb des strengen Rechtecks, kein Strauch, kein verdorrter Blumenschmuck, nur liegende Grabplatten, Steinsarkophage, in den Boden eingelassen oder schon halb darin versunken. Nur knapp ragten die Sarkophage schief aus der Erde, teils in geordneten Reihen, teils in wirrem Durcheinander. Viele waren geborsten und öffneten sich, als wären die Toten daraus geflohen. Es sah einem vergessenen Trümmerfeld ähnlich, nichts als Kies und Steine zwischen den Grabplatten, und Schotter wie von der Themse angeschwemmt. Später, für die Dauer von ein paar Maitagen, würde auch hier, an den Rändern des Gräberfeldes, der blaue Schaum der Glockenblumen aufblühen und auf einer einzigen Woge die Toten forttragen ins Meer, zurück an die Küsten, von denen sie vertrieben worden waren, denn hier ruhten, das stand auf einer Tafel neben dem verriegelten Gittertor, die spanischen und portugiesischen Juden Londons.

Jenseits des unzugänglichen Gräberfeldes gingen Collegestudentinnen vorüber, ich hörte ihr quecksilbriges Lachen, ich sah ihr dunkles Haar in der Sonne glänzen. Dann wieder herrschte nichts als Stille, die unnatürliche Lautlosigkeit des Mittags, der letzte Vogel war verstummt. Kein einziger früher Falter taumelte über der Gräberwüste, nur unhörbar und schrecklich rollte die Zeit über alles hinweg. Aber da war ein roter Saal, unversehrt in tiefer Mittagsruhe, das Licht gedämpft durch die zugezogenen Läden, doch alle Fenster standen weit offen. Das Summen der Bienen in den sonnenwarmen Glyzinien der Hausfassade schwoll an und ab, irgendwo scharrte ein Tier, hin und wieder schlug eine Glocke in einem der beiden nahen Kirchtürme. Meine Mutter hatte im Schlaf die Decke leicht zurückgeworfen, ihr schwarzes Haar kräuselte sich feucht auf der Stirn. Hinter ihrem Rücken standen, wie kleine weiße Standarten, die Haarmaschen meiner Schwester ab und bewegten sich, wenn meine Mutter sich rührte, ebenfalls kurz hin und her. Die Pfingstrosen der Tapete glühten im verdunkelten Saal verhaltener, um so mehr schimmerte in seinem Weiß der Kachelofen, ein schlanker runder Turm, obwohl er eher eine Säule darstellte, denn er war kanneliert und trug als Kapitell einen krönenden Abschluß aus Akanthusblättern. Am meisten aber beschäftigten mich die Messingreifen, die den weißen Kachelofenturm umwanden. Im Halbdunkel kam er mir verzaubert vor. Vielleicht war mein Vater darin eingeschlossen oder der eiserne Heinrich, die Messingreifen waren die eisernen Bande, die der treue Diener um sein Herz hatte legen lassen, damit es ihm nicht vor Weh zerspränge, als sein Herr in einen Frosch verwandelt wurde.

Geradezu erleichtert war ich darum, wenn vom anderen Ende des Ganges das Schnarchen meines Vaters herüberdrang. Es waren keineswegs nur vereinzelte, zögerliche Schnarchtöne, vielmehr war es ein rhythmisch akzentuiertes, kraftvolles Schnarchen, und es zog alle Register wie eine Orgel. Manchmal setzte es abrupt aus, Stille erfüllte wieder den ganzen Pfarrhof, aber ich war beruhigt. Mein Vater war nicht in den weißen Kachelofen verbannt, er war in seinem lindengrünen Waldzimmer und schlief. Wenn die Siesta längst vorüber war, stahl ich mich dorthin. Es war das verschwiegenste Zimmer auf dem Gang. Und doch hatte es ein so unruhiges Tapetenmuster. Alle diese gemalten Linden, Eichen und Buchen waren von einem unaufhörlichen Sturmrauschen erfaßt. Die Waldnähe wirkte vielleicht auch deshalb so stark, weil außer dem Bett meines Vaters nichts sonst in dem Zimmer stand, nicht einmal die sonst unvermeidliche Kommode mit dem Marmoraufsatz und der Waschschüssel. Sogar das mit meinem Vater untrennbar verbundene Zeitungschaos hinterließ hier nicht die geringste Spur. Das Zimmer war, weit weg von jeder Zivilisation, nur vom Wald bewohnt. Die Lindenblätter rauschten, und mir war, als würde auch mein Vater in dieser grünen Wildnis langsam wieder eingehen in die Natur.

7

HIGH WATER 5.95 m

Noch vor dem Abend wollte ich am nächsten Tag auf der London Bridge sein, geriet aber schon am späten Nachmittag in das größte Gedränge. Einzelne Züge der Underground fielen aus oder verkehrten in andere Richtungen, auf den Bahnsteigen fluteten die Menschenmassen vor und zurück. Ein solches Schieben und Stoßen entstand an unerwarteten Punkten, daß ich aus purer Atemnot auf eine Rolltreppe flüchtete, lange Schluchten hinabtauchte und auf der anderen Seite wieder hochfuhr, nur um nicht auf der Stelle zerquetscht zu werden. An der Station Embankment rettete ich mich an die Oberfläche und ans Tageslicht, wenig später wurden hinter mir rasselnd die Gittertore zum Eingang geschlossen. Auf den Stufen zur schmalen Gartenanlage saß der junge Mann mit der Obdachlosenzeitung und hob die Hand. Verdutzt, ihn hier anzutreffen, und noch etwas atemlos sagte ich, heute wollte ich eine Zeitung kaufen! Der junge Mann wiegte den Kopf hin und her und zeigte auf den fest verschnürten Zeitungspacken neben ihm, zu spät! Aber was ist denn in der Underground los?

Ich setzte mich neben ihn auf die Stufen. Zum Glück hatte er den Zeitungspacken zu seiner Rechten, so daß ich, auf der anderen Seite, nicht in seine entstellte Gesichtshälfte blicken mußte. Irgendwo in einem Tunnel, auf einer der Baustellen im East End, ist offenbar ein Feuer ausgebrochen, sagte ich. Vor dem verschlossenen Eingang der Underground verliefen sich die Leute, die zuerst noch protestiert hatten, jetzt rasch Richtung Trafalgar Square, einige blieben schon beim nächsten Pub hängen, wo bereits viele dicht gedrängt im Freien tranken und ein Kellner einen Biergläserturm, der sich bedroh-

lich neigte, geübt balancierte. Der Abend fiel rasch
herein. Die Tulpenbänder in der Gartenanlage
strahlten noch, als hätten sie das letzte Sonnenlicht in sich aufgesogen. Die schwarze Lederjacke
des jungen Mannes, das sah ich nun aus der Nähe,
war ziemlich abgetragen, an den Ellbogen brüchig
und voller bleicher Stellen, als käme ungegerbte
Tierhaut darunter zum Vorschein. Wohin müssen
Sie denn nach Hause, fragte ich, er machte mit der
Hand eine undeutliche Bewegung durch die Luft,
Bethnal Green, erfreut rief ich, das ist meine Richtung! Ich habe mein Fahrrad unter der Eisenbahnbrücke, sagte der junge Mann. Die Büros des Shell
Mex House erleuchteten nach und nach von innen
her, Stockwerk über Stockwerk, bis hinauf zum
grinsenden Zifferblatt, das massige Gebäude verlor
im Dunkeln an Volumen, als glühendes Skelett erhob es sich über der schwarzen Themse.

Von der Eisenbahnbrücke her drangen abgerissene
Töne bis zu uns, die bald unruhige Sequenzen bildeten, doch war es ein Trommeln, Schlagen, oder
eher ein Schleifen? Der Zeitungsverkäufer schien
augenblicklich davon elektrisiert zu sein. Er übernahm sofort den Rhythmus und klopfte ihn mit den
Fingern auf seine Knie, das ist mein Freund, sagte
er, wollen wir nicht zu ihm gehen? Er sitzt jeden
Abend dort drüben mit seiner Pfanne, es sind ihm
nur die Schlegel gestohlen worden, jetzt trommelt

er mit bloßen Händen. Der junge Mann war schon aufgestanden und schwang seinen Zeitungspacken. Ich folgte ihm auf eines der Fußgängertrassees, die beidseits der Eisenbahnbrücke mit trapezförmig ausgespannten Stahlseilen in spitzen Pfeilern eingehängt sind. Wie Spinnennetze, schwebend leicht, zeichneten sich die Stahlseile vor dem noch hellen Himmelssaum ab. Beim Vorüberrollen eines Zuges wurde ich von einer fast unmerklichen Schwingung erfaßt, und so, aufgehängt zwischen Wasser und Himmel, war mir, als beträte ich ein Niemandsland.

Das Rattern des Zugs entfernte sich. Um so lauter empfingen uns nun die getrommelten Töne von der Mitte der Brücke her. Es war ein Steeldrummer, der seine Pfanne tatsächlich mit bloßen Händen bearbeitete, wobei er mit großem Geschick abwechselnd die Fingerkuppen, die Nägel und die Faust einsetzte. Er saß am Rand des Trassees auf dem Boden und lachte mit seinem breiten, fast zahnlosen Mund, als er den Zeitungsverkäufer erblickte. Sie mußten etwa dasselbe Alter haben. Der Steeldrummer unterbrach keine Sekunde seine Musik, hin und wieder warf er, den Rhythmus beschleunigend, den Kopf vor und zurück, dann blitzte die untere Zahnreihe weiß auf. Sie schien intakt, aber von den oberen Zähnen war nur noch ein Eckzahn sichtbar, der im Dunkeln leuchtete wie bei meinem alten schwarzen Kater, wenn er beim Gähnen seinen letzten Piratenzahn zeigt.

Der junge Mann hatte sich neben seinen Freund auf den Boden gekauert und schob mir den Zeitungspacken rasch so zum Sitzen hin, daß mein Platz wieder zu seiner Linken war. Nur einen Augenblick schoß es mir durch den Kopf, warum ich zu solcher Stunde nicht mit einem Bus zurück ins East End fuhr. Aber es war die erste laue Nacht. Der Halbmond stand messerscharf am Himmel, und das Ziehen der Themse war hörbar. Er ist aus Jamaica, sagte der Zeitungsverkäufer mit einem Blick auf seinen Freund, wir haben festgestellt, daß wir als Jungen dieselben Spiele hatten. Wir sind beide am Meer aufgewachsen, und wenn es im Herbst früh dämmerte, schickten wir Brandschiffe übers Wasser, mein Freund in der Karibik gegen einen unsichtbaren Feind, wir aber gezielt gegen Penzance! Er sprach diesen Namen, der mir nichts sagte, auffällig nasal aus, und ich schaute ihn fragend an. Ich komme aus Newlyn, sagte der Zeitungsverkäufer, am Ende Englands, und es war mir völlig unklar, ob Spott in seiner Stimme mitschwang oder nicht, ein Fischereihafen, und gegenüber in der Bucht liegt Penzance, das zumindest früher mächtige Penzance.

Ich erkundigte mich nach der Beschaffenheit der kleinen Brandschiffe, und der Zeitungsverkäufer schilderte ausführlich, wie sie auf alten Flipflop-sandalen schmutzige Lappen befestigten und diese dann anzündeten, ja, manchmal sogar, falls sie Benzin im Hafen fanden, die Lappen noch damit beträufelten, bevor die derart präparierten Brand-schiffe bei günstigem Wind auf See gelassen wur-den. Schließlich lernt jedes Kind in der Schule, daß der Sieg über die spanische Armada auch den listig ausgesandten Brandschiffen und heftigem Sturm vor den Küsten Englands zu verdanken war, doch warum, zum Teufel, schickt ein kleiner Junge in Jamaica dieselben Brandschiffe übers Meer?! Seine fehlenden Zähne hat er übrigens einer Schlägerei zu verdanken, in die er, kaum hier angekommen, verwickelt wurde. Und wegen dieser Schlägerei sind ihm auch die Schlegel abhanden gekommen, denn aus Wut über seine eingeschlagenen Zähne begann er, auf alles einzutrommeln, was ihm un-ter die Finger kam, besonders auf die unzähligen Absperrungen, Gitter, Geländer, London ist voll davon, die ganze Stadt sollte von seiner Wut wider-hallen. Irgendeinem Passanten oder Polizisten ist das Getrommel wohl so auf die Nerven gegangen, daß ihm die Schlegel kurzweg entwendet wurden. Aber Sie sehen, er kann es auch ohne!

Der Steeldrummer schien etwas von unserer Unterhaltung mitbekommen zu haben, er kniff die Augen zusammen und trommelte jetzt gedämpfter, doch ohne den pulsierenden Rhythmus zu verlieren. Ich stand auf und schaute ihm aus der Nähe zu. Von den Enden der Brückenpfeiler her floß Scheinwerferlicht in seine Pfanne und spiegelte sich darin, der verbeulte Boden mit seinen Ausbuchtungen und Vertiefungen wurde zu einer Kraterlandschaft. Da klagte durchdringend und jaulend eine Möwe über unseren Köpfen. Penzance ruft mich! schrie der junge Zeitungsverkäufer, und ich kehrte an meinen Platz neben ihm zurück. Das halte ich immer noch nicht aus, sagte er. Wenn eine Möwe kreischt, höre ich auch gleich das Meer rauschen, die herandonnernden Wellen, das Klirren des Schotters am Ufer, dann bin ich wieder im Haus meiner Großmutter, die mich von klein auf jeden Sommer aus Newlyn nach Penzance holte. Deshalb war das auch so eine Sache mit den Brandschiffen, ich dirigierte sie nie wirklich Richtung Penzance, sondern eher gegen das offene Meer hinaus, denn in Penzance lebte meine Großmutter. Und der junge Mann begann von seinen Sommern in Penzance zu erzählen, als würden wir die ganze Nacht auf dieser Brücke sitzen bleiben, ich auf seinem Zeitungspacken, sein Freund aus Jamaica leise trommelnd neben uns.

Das Haus in Penzance, am Ende einer Gasse, die zum Meer abfiel, mußte hinter dem Vorgartendikkicht kaum mehr sichtbar gewesen sein. Schon die Mauern der engen Gasse, aus losen Steinen aufgeschichtet, waren überwuchert von Efeu, Farnen und Brombeerranken, das Haus der Großmutter aber, nur zweistöckig wie fast alle Häuser dort, verschwand hinter üppig in die Höhe schießenden Rhododendren und einem Lorbeerbaum, der die Fenster verschattete. Knapp ragten noch die beiden Palmen empor, die das Haus flankierten, die weißen Säulen des Hauseingangs hingegen sah man erst, wenn man vor der Tür stand. Die Fenster im Haus klemmten alle ein wenig, keines ließ sich mehr ganz hinaufschieben, und so waren die Tage und Nächte erfüllt vom Geschrei der Möwen und dem Piepsen ihrer Jungen, die unermüdlich um Futter bettelten. Mit Vorliebe nisteten die Möwen auf den Kaminen der Häuser, und ihre Jungen, auch wenn sie erst tapsige Federbällchen waren, unternahmen bereits die gewagtesten Ausflüge auf den Dächern. Immer wieder gerieten sie dabei bedrohlich ins Rutschen, und wahrscheinlich wurden sie weniger durch die nervösen Warnrufe ihrer Eltern als durch die stark vermoosten Schindeln vor dem Abstürzen bewahrt. Man war richtig erlöst, sagte der Zeitungsverkäufer, wenn der Tag kam, da merkwürdigerweise alle Möweneltern gleichzeitig mit ihren Jungen die kurze Strecke

43

hinab zum Meer flogen und dort die Kleinen zum Schwimmen animierten, wobei sich diese oft über die Maßen dumm anstellten. Halb Penzance lief dann zum Strand hinunter und amüsierte sich über die komischen Schwimmversuche. Allerdings wurden die Jungen schon bald von ihren Eltern völlig sich selbst überlassen, worauf sie sich aber sofort zu kleinen Rudeln zusammenschlossen, denen sie noch lange treu blieben. Ein Hauptvergnügen dieser kleinen Möwenrudel bestand darin, sich eng aneinandergedrängt von den Wellen ans Ufer tragen zu lassen und beim Aufklatschen gegen den Strand in aufgeregtes Geflatter und ein riesiges Gelächter auszubrechen, jedenfalls konnte man das gemeinsame schrille Geschrei dabei gar nicht anders denn als Gelächter deuten.

Verstohlen betrachtete ich das Profil des Zeitungsverkäufers. Beinahe unmöglich erschien mir die Tatsache, daß sein Gesicht so einseitig und scharf begrenzt verunstaltet war. Er wandte sich mir aber wohl bewußt nie ganz zu, auch stellte er mir keine Fragen, er erzählte nur, mit einer lebhaften Gelassenheit, die unerschöpflich schien. Ganz London ist voll von Geschichten aus der Ferne, dachte ich, das macht die Erneuerungsfähigkeit solcher Städte aus, daß die Lebenskraft ihrer Bewohner von so weit her kommt. Der Steeldrummer senkte den schwarzen Krauskopf über seine Pfanne, als hielte

sie auf ihrem verbeulten Grund nie geahnte Funde
für ihn bereit. Er schleifte mit den Händen den
Pfannenrand entlang. Traurige Töne stiegen jetzt
von der Brücke auf. Warum, fragte ich den jungen
Zeitungsverkäufer nun doch, hat Sie Ihre Großmutter denn jeden Sommer nach Penzance geholt?
Er gab zuerst keine Antwort. Ich vermute, sagte
er dann, sie hatte Angst um mich. Sie stammte aus
Irland, sie kannte den Charakter von Menschen,
die ihr Leben lang mit dem Meer kämpfen müssen. Sie wußte, wie in mondlosen Nächten kranke
oder mißgebildete Tiere von den Klippen gestoßen
wurden, sie hatte davon gehört, daß man an den
Küsten Cornwalls nicht nur Tiere, sondern auch
Menschen mit bloßen Händen umbrachte, gegen
die Felsen schlug, in die Brandung trampelte und
unter Wasser niederdrückte. In Newlyn schlossen
sich die Kinder und Halbwüchsigen den Sommer
über in Banden zusammen, noch nachts sprangen
sie im Hafen ins Meer und trieben sich in den Fi-
scherremisen herum. Und ich hatte von Geburt an
dieses Feuermal. Vielleicht war ich für die andern
verflucht, verdammt, verteufelt? Wieso sollte man
nicht auch mich, wie die mißgebildeten Tiere, in einer finsteren Nacht von den Klippen stoßen?

Eine rätselhafte Erleichterung streifte mich. Es
handelte sich also nicht um eine ansteckende
Krankheit, auch nicht um die Folgen eines grau-

enhaften Unfalls. Unwillkürlich war ich wie erlöst aufgestanden. Warum jedoch war der junge Mann hier und verkaufte die Zeitung der Obdachlosen? Aber mir erschien jede weitere Frage auf einmal als etwas Obszönes. Sein verschwenderisches Erzählen hatte eine solche Weite des Vertrauens geschaffen, in der ich mich nicht nur zugelassen, sondern sogar aufgenommen fühlte. Nie wie in solchen Augenblicken werden, wenigstens für kurze Zeit, die Gespenster der Welt beschwichtigt. Das Aufklatschen der Flut war zu hören. Der Zeitungsverkäufer und sein Freund saßen immer noch vor mir auf dem Boden, im schwachen Scheinwerferlicht, und zum ersten Mal wandte ich den Blick nicht ab. Die Wange des Zeitungsverkäufers war am schlimmsten entstellt, durchgehend dunkelrot gefleckt, mit höckerigen prallen braunen Knoten. Vielleicht war der junge Mann von meinem Blick überrascht worden, er neigte plötzlich den Kopf. Aber die Sekunden genauen Hinsehens trösteten mich eigenartigerweise. Die bräunlichen Knoten hatten die Farbe verfaulter Magnolienblüten, die in diesen Tagen in den Parks unter den Bäumen lagen. Ich muß einen letzten Bus erwischen, rief ich. Der Steeldrummer trommelte mit seinen Fingern, als suche er eine bestimmte Melodie. Gestern ist in Hackney der elfte Teenager ermordet worden, sagte er. Es war sein einziger Satz bis jetzt, in einem wohl auch der eingeschlagenen Zähne wegen undeutlichen Englisch.

Wortlos blieb ich sitzen. Der Zeitungsverkäufer schaute auf und sah mir nach, als ich mich endlich aus dem Kegel des Scheinwerferlichts entfernte und nochmals umdrehte. Grün und golden leuchtete Big Ben in der Dunkelheit.

8

HIGH WATER 6.25 m

Im Morgengrauen weckte mich ein Geräusch, das mir zwar vertraut war, doch mich nun fast empörte. Ein fernes Brummen, zuerst noch hoch in der Atmosphäre, dann immer tiefer. Kein Zweifel, ein Flugzeug war im Anflug. Hatten wir nicht erst die Bilder des mitten am Tag nächtlich verdüsterten Island gesehen, den gigantischen Blumenkohl der Eruptionswolke, die himmelhohe Aschewand, hinter der die Welt verschwand? Unüberhörbar landeten und starteten wieder Flugzeuge über London und durchkreuzten den Luftraum, der uns nun anders geraubt wurde als während der Zeit, da er gesperrt gewesen war. Ich beugte mich aus dem Fenster, das schwarze Taxi unter mir war bedeckt von weißem Schnee. Die wilden Kirschbäume hatten über Nacht alle Blüten verloren. Ich versuchte, nochmals einzuschlafen. Dann lauschte ich doch wieder dem Lärm der Flugzeuge. Warum nur befiel mich eine solche Unruhe, der gestrige Abend auf der Eisenbahnbrücke fände keine Fortsetzung mehr, als wäre das unerwartete Erzählen gebunden gewesen an die Flugstille über der Stadt? Und um das großmütterliche Haus des jungen Mannes, verborgen hinter einem Lorbeerbaum nahe am Meer in Penzance, das er erst als eine flüchtige Zeichnung in die Nacht hinein entworfen hatte, nicht zu verlieren, fügte ich im morgendlichen Wachschlaf mein eigenes längst entschwundenes Sommerhaus mit seinem Waldzimmer, dem roten Saal, dem blauen Kabinett hinzu, und so daraus eines der englischen Doppelhäuser bildend, mutete ich diesem zu, sich wie ein Lichtkeil in die unnachgiebig verrinnende Zeit hineinzutreiben.

Dabei lebten wir gerade in dem alten Haus mit seinen dämmerigen Gängen und den vielen Zimmern, die so sehr an eine andere Epoche rührten, vollkommen in der Gegenwart. Es war ein Haus ohne Fluchtbedürfnis. Nicht einmal der Garten lockte, die verwunschensten Bäume und Blumen wuchsen aus den Tapeten. Meine Mutter sagte oft, wie glücklich sie immer darüber gewesen sei, daß im ganzen Pfarrhof diese floralen Muster vorherrschten, die den französischen Einfluß verrieten, und nicht die eher spröden Streifenmuster aus dem Norden oder gar die im Biedermeier modischen

Schottentapeten, von denen übrigens in den früheren Dienstbotenkammern unter dem Dach noch einige Ansichtsmuster verklebt seien! Dieser letzte Satz löste einen leichten Schrecken bei mir aus, einerseits, weil mich die Vorstellung verunsicherte, daß der so unverrückbar erscheinende Pfarrhof auch ganz anders aussehen könnte, andererseits fühlte ich mich genötigt, die von mir furchtsam gemiedenen Dienstbotenkammern eines Tages doch genauer zu untersuchen. Daß wir dem Garten die Pfingstrosen auf der Tapete des roten Saals oder die weißen Margeritenblüten auf der blauen Bordüre im Eßzimmer vorzogen, hatte auch damit zu tun, daß meine Mutter das Dahlienregiment der Tanten im Pfarrgarten oft mit einem Seufzer bedachte. Erst später im Jahr kam dann noch die Asternsaison. Die beiden Tanten, entferntere Verwandte, führten den Haushalt, und besonders die jüngere war im Sommer strikt auf Dahlien eingestellt. Sie wurde nicht müde zu wiederholen, die Dahlie, sonst eher in Bauerngärten verbreitet, eigne sich vortrefflich als Schmuck für die barocke Pfarrkirche, nicht nur wegen ihres hohen Wuchses und ihrer zuverlässigen Haltbarkeit, sondern auch wegen der kugeligen Blütenform, dekorativ, doch nicht zu pompös. Meine Mutter gab zwar zu, daß vor allem die samtig dunkelrote Dahlie, welche die Tante auch die arabische nannte, nicht ohne Reiz war, ebenso eine gewisse holländische Sorte, deren schneeweiße

49

Blütenblätter an den Spitzen irisierten, aber wäre es nach ihrem Sinn gegangen, hätte sie im Pfarrgarten Schwertlilien, Rittersporn, Gladiolen gezogen. Wir Kinder hatten jedenfalls beschlossen, die Dahlien langweilig zu finden, und so höchst bereitwillig wir uns auch immer zum Auswechseln des Blumenschmuckes in der Pfarrkirche zur Verfügung stellten, waren wir doch davon überzeugt, daß der penetrante Verwesungsgeruch des abgestandenen Wassers in den Vasen nur den Dahlien zuzuschreiben war. Nie hätten Gladiolen, Rittersporn, Schwertlilien einen solchen an Ekel kaum zu überbietenden Geruch hinterlassen! Zudem hatten sich die vorerst kräftigen Dahlienstengel in flutschige Algen verwandelt oder klebten bei Wassermangel am Vaseninnern fest. Wir waren noch klein und mußten auf die Altäre klettern, um die verwelkenden Dahlien in die Sakristei zu bringen, aber alle diese Handlungen erlaubten uns ganz ungewohnte Einblicke in die sonst so festliche Barockkirche, und daß da ungeahnt von den Gläubigen eine stille Verderbnis in den Vasen regierte, erfüllte uns mit einem geheimen Wissen.

Am sichersten, bei meinen Besuchen im Waldzimmer nicht überrascht zu werden, war ich in der Zeit nach dem Glockenschlag am Mittag. Mein Vater und der Onkel fanden sich dann regelmäßig schon im Eßzimmer ein, um sich über die Tagesaktualitäten zu unterhalten und keinesfalls die Nachrichten von Radio Beromünster zu verpassen. Es waren auch die einzigen Augenblicke am Tag, da zwischen den Pappeln des Friedhofs, der unmittelbar am Abhang hinter dem Pfarrhof anstieg, Sonnenlicht in das Waldzimmer fiel. Da die Blätter der Pappeln, selbst wenn das Laubwerk anderer Bäume ganz unbewegt ist, ständig von einem Zittern erfaßt sind, tanzten auch die Lichtflecken auf den gemalten Linden auf und ab und versetzten sie in eine verwirrende Lebendigkeit. Die Linden dieser Tapete, welche die am wenigsten stilisierte des ganzen Hauses war, befanden sich im Zeitpunkt ihrer vollen Blüte, deutlich traten vor dem dunklen Blätterdach die Blütenblätter heller hervor wie kleine Unterröcke, die von den hüpfenden Lichtstrahlen hin und her gewendet wurden. Und wie unter Einwirkung der Sonnenwärme alles Blühende den intensivsten Duft verströmt, glaubte ich, selbst mitten im Flimmern des Lichts stehend, den betörenden Lindenduft wahrzunehmen. Aber es war mehr als nur die Essenz der Linden, es war meines Vaters Geist, mit witternden Nasenflügeln sog ich ihn ein und trat jeden Mittag verwandelt aus dem Waldzimmer.

Meine Mutter hielt sich zu dieser Zeit meist allein im roten Saal auf. Sie hatte wegen der Hitze schon ein paar Fensterläden zugezogen, aber sie dämpften keineswegs die Schreie der irrsinnigen Nachbarin, die sich stets mit dem ersten mittäglichen Glockenschlag erhoben und jeden weiteren schrill begleiteten. Nach den verklungenen zwölf Schlägen jedoch setzten die Schreie nicht aus, sondern zerrissen fortdauernd die Mittagsstille, immer noch im Rhythmus der Glockenschläge, grelle Schreie, aus denen ebenso Wut wie Klage hervorbrachen, oder vielleicht war es keines von beiden, nur Auflehnung, oder schiere Trostlosigkeit. Manchmal öffnete ich dann die Tür zum roten Saal und trat neben meine Mutter, die hinter einem zugezogenen Fensterladen stand. Wir brauchten ihn nur leicht schräg zu stellen, um das offene Fenster des Nachbarhauses zu sehen, aus dem immer noch die abgehackten Schreie hervordrangen. Plötzlich verstummten sie. Meine Mutter setzte sich auf die Bettkante. Irgend etwas zwang sie jeden Mittag, die Schreie mit anzuhören. Ich muß dabei immer an jene Verrückte denken, sagte sie einmal, die mich als Kind in panischen Schrecken versetzt hat. Und sie erzählte, daß sie oft Geschäftsbriefe ihres Vaters in ein Nachbarhaus trug, sie klingelte jeweils, und man nahm die Briefe freundlich entgegen. Eines Morgens jedoch ging die Tür lautlos wie von selbst auf. Geblendet vom Frühlicht, machte sie ein paar Schritte in den dunklen Gang hinein, schon fiel die Tür hinter ihr wieder ins Schloß. Da schoß aus einer Ecke neben der Tür mit aberwitzigem Gelächter eine Gestalt im langen weißen Nachthemd auf sie zu, mit aufgelösten Haaren bis zur Hüfte, eine grüne Studentenmütze auf dem Kopf. Die Gestalt im weißen Nachthemd wollte sie in einen Walzerschritt hineinreißen, wie gelähmt habe sie einen Augenblick in das hysterisch lachende Gesicht mit der schief aufgesetzten Studentenmütze gestarrt, dann aber den Brief auf die Steinplatten des Gangs geworfen und Hals über Kopf die Flucht ergriffen. Wieder zu Hause, berichtete man ihr vom Untergang der Lusitania, und daß die junge Frau im weißen Nachthemd und der Studentenmütze die Schwester einer Toten sei, auf deren Wiederkehr sie immer noch warte. Diese Tote war Gesellschafterin einer reichen Engländerin gewesen und mit dieser und mehr als tausend Personen während des Weltkriegs vor der irischen Küste ertrunken, als die Lusitania, die auch Munition an Bord hatte, von einem deutschen U-Boot torpediert, in flammende Stücke zerfetzt und versenkt worden war. Nach jener Katastrophennachricht sei ihre jüngere Schwester wahnsinnig geworden. Aber wie nur war sie in den dunklen Hausgang gekommen, die Familie habe doch stets gesagt, sie verlasse nie mehr ihr Zimmer unter dem Dach?

Ich sah so deutlich wieder meine Mutter vor mir im roten Saal auf der Bettkante sitzen, in der endlich eingetretenen Mittagsstille, mit ihren grünlichen

Augen und dem schwarzen Haar, in ihrem hellen Sommerkleid, bedruckt mit Haselnußzweigen, und ihrer vielleicht mir so ähnlichen Art, langsam, doch unaufhaltsam aus der Zeit herauszufallen. Sie ging manchen Neuerungen sogar voran, war zugleich in vielen Dingen verspätet und immer etwas abseits. Aber warum konnte sie sich den grellen Mittagsschreien nicht entziehen? Ich streichelte hilflos ihren weichen Arm, der unter dem Ärmel ihres Sommerkleids auffallend weiß blieb.

9

LOW WATER 1.50 m

Als ich auf die Straße hinaustrat, hatte ein scharfer Wind die Kirschblüten vom schwarzen Taxi heruntergefegt. Zu einem Häufchen zusammengedrängt, trieben sie die Straße entlang, hin und wieder blieben sie ermattet liegen, dann griff der Wind erneut in sie hinein und brachte sie in Gang, einige richteten sich dabei etwas auf, fielen aber unverzüglich zurück in das nun unter parkierten Autos hindurchstiebende unordentliche Häufchen. Eine versprengte Schar von Labouranhängern, Bengalen und Pakistani, lief mit einem roten Megaphon durch das Viertel und warb in einem zaghaften Singsang für die bevorstehenden Wahlen. Die Whitechapel Road herauf arbeitete sich unerbittlich das Schlagen des Blindenstocks der Frau im schwarzen Niqab. Bei der Post hakte sie sich mit der Stockspitze in einem Stück Wellkarton eines Obdachlosen fest und schleifte dieses, wobei sie ihren harten Taktschlag keinen Augenblick unterbrach, noch eine Weile mit sich fort. Der Straßenstand mit ausgelegten Jackfruits war belagert von verschleierten Frauen, die ungeniert die gewaltigen Früchte betasteten, die längste Zeit mit den Fingern auf ihnen herumdrückten und sie hin und her wendeten, offenbar war es schwierig, den Reifegrad abzuschätzen. Die Jackfruits kamen mir stets von neuem enorm vor, länglich und prall, mit ihrer dicken Schale aus stumpfen Stacheln sahen sie aus wie überdimensionierte Zecken. Schon gelblichbraun und bis zu vierzig Kilo wiegend, lagen sie in mehreren Reihen auf der Auslage. Im Hintergrund des Ladens türmten sie sich täglich in geradezu beängstigenden Mengen auf, während weit weg vom East End, in den königlichen Kew Gardens im Westen, zwischen tropischen Pflanzen im tempelartigen viktorianischen Gewächshaus mit den filigranen Wendeltreppen unter dem hohen Glasdach, eine einzige kümmerliche Jackfruit, grün und mager, gelehrt beschriftet, mit Schnüren und Bambusstecken gestützt wurde.

Ich ging zum Eingang der Underground, ohne hinabzusteigen. Es war mir selbst unklar, ob ich mehr fürchtete, den Zeitungsverkäufer wiederzusehen oder seinen Platz auf der London Bridge leer anzutreffen. Der scharfe Morgenwind hatte nachgelassen und war einem diffusen Licht gewichen. Oft erkannte ich nicht deutlich, kam eine der verschleierten Frauen auf mich zu oder bewegte sie sich von mir weg. In einem Schaufenster der Brick Lane waren Hochzeitstorten ausgestellt, fünf nebeneinander, alle mit einem weißen Puderzuckerüberguß, der grau war vor Schmutz. Die Torten waren zweistöckig, auch die Draperien aus fast schwärzlicher Puderzuckerglasur, obenauf lag ein Blumensträußchen aus verstaubtem Plastik. Aber war es wirklich nur Zufall oder der notdürftige Behelf eines ärmlichen Ladenbesitzers, daß die Hochzeitstorten, in Ermangelung einer Schaufensterdekoration, in lauter Steine eingebettet waren? Nun handelte es sich nicht etwa um Kieselsteine, sondern ausnahmslos um faustgroße glatte Steine, wie berechnet als Wurfgeschoß, das sich perfekt in die Hand fügt. Ich starrte auf die schmutzigen Hochzeitstorten, mitten in der Brandung der Steine, und ging erst weiter, als der Ladenbesitzer fragend mit dem Zeigefinger von innen gegen das Schaufenster tippte.

Bis in den späten Nachmittag hinein lief ich durchs East End. Erneut lag Sturm in der Luft, doch schien er diesmal aus Westen zu kommen, vielleicht würde er Regen bringen. Die grünweiß gestreiften Zeltplanen auf den Eisenstangen der Marktstände in Whitechapel blähten sich immer mehr und begannen haltlos zu knattern. Gemüseabfälle, Plastiktüten, Saris flogen durch die Luft. Ein Händler, der jeden Tag verschleierte Frauenbüsten übereinandergestaffelt auf einer kleinen Tribüne anordnete, kämpfte verzweifelt gegen das Umstürzen seiner Versammlung. Die Büsten, alle mit demselben abwesenden Ausdruck, schlugen mit den Köpfen gegeneinander, torkelten von der Tribüne herunter, landeten mit dem Gesicht auf dem Asphalt, senkrecht hoben sich die Kopfschleier in die Luft. Schließlich raffte der Händler mit einer wütenden Armbewegung die nur dem Wind gehorchenden Frauenbüsten zusammen und warf eine nach der anderen in einen grauen Container. Der Händler neben ihm schob eilig mit einer langen Stange seine frivole Unterwäsche zusammen, die ohne Zeltplane etwas höher gehängt über den Ständen hin und her flatterte, bunt, grell und glitzernd, in kleinen wie in jedes denkbare Maß übertreffenden Größen, voller Spitzen und Rüschen, mit verführerischen Schlitzen versehen. In diesem Moment fielen die ersten schweren Regentropfen.

Wie einen lang entbehrten Verbündeten empfand ich den Geruch des Regens. Er war selbst hier, mitten im Verkehr, von einer Frische, die nur der Frühling kennt. Regen floß jetzt wohl auch über Gesicht und Arme des Mädchens, das nun eine junge Frau war, verborgen in den Wäldern des Amazonas, gestern hatten mich ein paar Signale erreicht. Nicht umsonst eben würde der Regenwald so heißen, dauernd müsse man mit einem Platzregen rechnen! Dann verschwimme die ungeheure Tiefe des Waldes in Dunst und Nebel, aber immer die Bäume so hoch und dicht nebeneinander, daß man den Himmel nicht mehr sehe. Und dieses alle bisherigen Vorstellungen von Natur umwerfende Grün! Diesen Respekt und diese Ohnmacht gegenüber dem grünen Riesen, wie es überhaupt Menschen wagten, ihn zerstören zu wollen? Ich ging unter dem Frühlingsregen durchs East End und trug das Waldzimmer in mir. Die flimmernden Lichtflecken auf den Linden waren erloschen, die heller gemalten Blütenblätter rührten sich nicht, mein Vater war gestorben, ehe ich auch nur mit einer einzigen Frage in sein inneres Leben eintreten konnte. Er ist ein wilder Wald geblieben. Und verstand ich denn meine Mutter, in ihrem Sommerkleid bedruckt mit Haselnußzweigen, auf der Bettkante im roten Saal sitzend? Es ist, als würden wir durch unsere erste Liebe, die Liebe zu den Eltern, bedingungslos darin eingeübt, uns dem verstörend leuchtenden Geheimnis der Welt zu nähern.

Es war schon dunkel, als ich den offenen Hof betrat, hinter dem meine Straße lag. Selbstbewußt nannte er sich Square, es mußte der kleinste Square Londons sein. Er roch stets nach Urin, Gras, Zigarettenkippen. Nur bei anbrechender Nacht, wenn der Bazar, wo ich die Zeitung holte, längst verrammelt war, kam aus der angrenzenden jüdischen Bäckerei der Duft frischgebackenen Brotes. Er drang in warmen Schwaden hinter dem heruntergelassenen Eisengitter hervor und hüllte den ganzen kleinen Platz ein. Das Innere der Backstube war hell erleuchtet und warf ein gegittertes Lichtmuster auf den vom Regen nassen Square, silhouettenartig sah man die Gestalt des Bäckers hin und her eilen und hohe Gestelle mit Toastbrot füllen, das täglich an das nahe Royal Hospital geliefert wurde. Seine ursprüngliche Kundschaft hatte der Bäckerladen verloren. Die Auslage im Schaufenster war meist leer, immer zu haben war nur ein abgepacktes trockenes Rosinenbiskuit, mit dem Bild des Firmengründers geschmückt, ein Bild aus den prosperierenden Tagen von 1911, der Firmengründer wirkte höchst energisch in seiner gestärkten Hemdbrust, dem ondulierten schwarzen Haar, dem gezwirbelten Schnurrbart und der weißen Nelke im Revers. Auch im Lokal neben der Bäckerei brannte oft bis Mitternacht eine Lampe. Zeitungsausschnitte in Bengali klebten an den Fenstern, es wurde dort Hilfe angeboten bei Immigrationsfragen, Arbeitsbewilligungen, Visa. Die Tür war geöffnet, drei Männer saßen auf einem Sofa und starrten schweigend auf einen Fernseher. Unwillkürlich blieb ich stehen. Da waren sie wieder, die himmelhohe Aschewand, die nächtlich verdüsterten Felder, in denen Menschen mit weißen Staubmasken herumirrten. Wegen der Aschewolke, sagte die Fernsehstimme, sind in der ersten Woche hunderttausend Flüge ausgefallen, über sieben Millionen Passagiere konnten nicht wie geplant ihre Reise antreten. Die unterhalb des Vulkans liegenden Gehöfte waren jetzt zu sehen, schwarz vom Ascheregen, Traktoren, Silogras, alles bedeckt von einer erstickenden schwärzlichen Schicht. Die Bauern hätten bei der Evakuierung ihr Vieh zurücklassen müssen. Viele Tiere wurden notgeschlachtet, dramatische Szenen hätten sich abgespielt. Einer der Bengalen senkte den Kopf, ein anderer winkte unauffällig und bedeutete mir, mich auf einen freien Stuhl zu setzen, die Männer kannten mich vom Vorbeigehen. Auf dem Bildschirm rannen dünne Lavaströme zuerst nur wie glühende Fäden über steile Hänge hinunter, verwandelten sich aber bald in donnernde Feuerfälle. In der Höhe jagte der Vulkan immer grandiosere Lavafontänen empor, die Finsternis dahinter wurde unablässig von Blitzen zerrissen. Ein Werbespot für Bier unterbrach die Reportage. Erschrocken stellte einer der Männer den Fernseher ab. Schweigend blieben wir sitzen. Auf dem kleinen Square war kein Geräusch zu hören, die Wohnungen lagen im Dunkeln, nur der Bäcker ratterte mit seinen Gestellen durch die Backstube. Die Regenwolken hatten sich aufgelöst. Stetig zogen im Nachthimmel blinkende Flugzeuge ihre Bahn.

. 10

LOW WATER 0.34 m

Tage später erwachte ich in der Frühe, nachdem vor meinen Augen unendlich langsam und vollkommen lautlos ein dichtbelaubter Baum mit einer mächtigen Krone zu Boden gestürzt war, nah vor mir, beinahe sanft, doch unaufhaltsam. Schon ragten die Wurzeln hervor, Wurzelarm um Wurzelarm befreite sich aus der Umklammerung des Erdreichs, bis sich das ganze Wurzelwerk vollends in die Luft streckte. Alles war in unerhörter Stille vor sich gegangen. Ich kleidete mich an, aus dem Traum verblieb eine eigentümliche Schwerelosigkeit in mir. Als ich ins Freie trat, war ich überzeugt davon, nicht besonders sichtbar für die anderen zu sein. Um so erstaunter war ich, als eine Gruppe von Bengalen mich geradezu euphorisch umringte. Sie drückten mir einen Wahlzettel in die Hand, auf dem die Kandidaten abgebildet waren, jeder mit einer Nummer, daneben der Name, schließlich das zu bezeichnende Feld, in dem bereits bei allen Kreuze eingetragen waren. Ich beteuerte meine Wahlunfähigkeit, sie lachten und wollten es durchaus nicht glauben, ich blieb mit dem Zettel zurück. Er war nur in Bengali abgefaßt, das mich immer an eine Notenschrift erinnerte, mit den schwungvollen Zeichen, oft einem Violinschlüssel ähnlich, die alle wie an einem Notenbalken aufgehängt sind. Bengali stand auf allen wichtigen Informationen, die unser Viertel betrafen, stets zuerst, dann folgten Bulgarisch, Polnisch, Rumänisch, Russisch, Somali.

Ich mußte zur Themse! Wie vermißte ich, schon nach kurzer Zeit, das bald träge, bald eilige oder widerspenstige Fließen. Oft sah ich den Fluß wieder viel breiter vor mir, wie er vor einem Jahrtausend gewesen sein mußte und wie Westminster Abbey, auf der dornigen Insel, bei Flut vollkommen von Wasser umspült war. Manchmal zuckte in den nächtlichen Lichtspiegelungen ein Feuerschein des Großen Brandes auf, als die Themse dampfte vor Hitze. Aber heute morgen hatte ich alle meine Unruhe bei dem Kind von einst, der jungen Frau in den Amazonaswäldern, verankert. Und dennoch mußte ich in mir allein gründen, das hatte ich schon sehr früh, als es noch von einer schrecklichen Unfaßbarkeit war, begriffen. Erst so würde das Kind frei von jedem Sog aufwachsen, ohne jedes Gewicht, wahrhaftig selbst in diesem Leben verwurzelt. Nur meine Gedanken, wie die Taube zur Arche Noah, flogen immer zu ihm zurück. Wieviel Loslassen, wieviel Heimkehr. Und auch in einer in den zartesten Konturen angedeuteten Freundschaft wurde dieses jeden Augenblick gefährdete Gleichgewicht zur unablässigen Herausforderung und jedes Gewohnheitsrecht der größte Feind. Der Zeitungsverkäufer war vielleicht auf der London Bridge, oder auch nicht. Ich sah ihn wieder vor mir stehen, wie am ersten Tag, da sich das Grau seiner Augen plötzlich glänzend verdunkelt hatte. Es war wie ein Schimmern gewesen, das man manchmal weit draußen auf dem sonst düsteren Meer sieht, ein jäher Glanz, von dem man nicht weiß, woher er kommt. Daß uns ein Fremder in sein Inneres einläßt, ist erregend, von solcher Wärme und ebenso unbegreiflich, wie von ihm umgebracht zu werden.

Ich machte ein paar Umwege zwischen den einstigen hohen Lagerhäusern an der Themse. Durch die vielen eisernen Verbindungsbrücken wirkten die engen Gassen noch schattiger. Beim St Saviour's Dock waren alle Speicher zu Wohnungen umgebaut. An den Backsteinfassaden klebten winzige Balkone, auf denen gerade ein Fahrrad, vielerorts auf dem Hinterrad stehend, Platz fand. Ein Sattel war rot und leuchtete wie eine Ampel. Der Wasserstand war überraschend tief, die weit herausragenden Pfähle grün von Algen. Ich stand jetzt an dem Punkt, wo im achtzehnten Jahrhundert die Piraten gehängt wurden. Ein ungeheures Chaos muß damals zwischen London Bridge und Tower Bridge geherrscht haben, wochenlang warteten die Segler auf das Löschen ihrer Fracht. Gewürze, Getreide, exotische Hölzer, Elfenbein, Pelzwaren lockten Piraten an, die kurzerhand auf St Saviour's Dock an den Galgen geliefert wurden, falls man sie bei der Erstürmung eines Schiffs erwischte. Als hätte die Themse, überdrüssig des jahrhundertelangen Wimmelns von Seglern, Schleppern und Fähren, die ganze Last als Spiegelbild aufs Festland geworfen, erhob sich nun dort eine anarchische Skyline, während der Fluß fast unbefahren und eintönig dahinfloß. In der Ferne blinkte im Sekundentakt, manchmal kaum sichtbar, oft scharf wie ein Blitz, die Pyramidenspitze von Canary Wharf. Heute wollte ich auf der London Bridge eine Zeitung kaufen.

Der Zeitungsverkäufer stand an seinem üblichen Platz. Als ich auftauchte, schien er keineswegs überrascht. Jetzt fliegen sie wieder, sagte er. Ein Bedauern in seiner Stimme war unüberhörbar, ich fragte ohne Umschweife nach einer Obdachlosenzeitung. Er verweigerte sie mir hartnäckig. Die nächste Nummer, sagte er, kaufen Sie die nächste

Nummer! Vielleicht steht etwas über den Ausbruch des Vulkans darin. Und er lachte, mit seinem verzerrten Mundwinkel. Aber es war jenes Lachen, heiter und grundlos, das oft zuerst und am stärksten Zutrauen in uns weckt. Der Zeitungsstapel zu seinen Füßen war noch hoch, ich blickte auf das Titelbild hinunter. In den reich geschmückten Anhänger eines Wagens wurde unter einem mit roten und violetten Rosetten verzierten Bogen hindurch ein Pferd hineingetrieben, auf dem gewölbten Dach des Anhängers türmten sich in bedrohlicher Schieflage Decken, in bunte Tücher eingewickelte Habe und zwei Traktorräder, eine junge Familie in Nordwestpakistan flieht vor den Kämpfen, stand darunter. Es mußte ihr Hochzeitswagen sein. Ich setzte mich auf die oberste Stufe der Treppe, die zur Themse hinabführte. Niemand kaufte eine Obdachlosenzeitung. Das rotblonde Haar des Zeitungsverkäufers war ziemlich zerzaust, nur im Nacken, wohl vom Schweiß, hatten sich Locken gebildet. Ich mußte daran denken, wie seltsam es ist, daß wir so ganz ohne Gedächtnis an unser Aussehen in den frühesten Jahren sind, sie wird noch eine Rote werden! soll mein Vater einmal ausgerufen haben, denn meine dichten blonden Locken schimmerten immer röter. Meine Mutter beschäftigte eher der rote Fleck in meinem Nacken, wo bei der Geburt die Haut nicht vollends zusammengewachsen war, ich war zu früh auf die Welt gekommen, viel zu früh! sagte die Mutter, und schuld daran war mit Sicherheit jener damals tagelang tobende Föhnsturm gewesen. Der Nacken des Zeitungsverkäufers war ganz weiß, auch jene Hälfte, die vorne im Gesicht so verunstaltet war. Sind Sie denn manchmal wieder in Newlyn, fragte ich, der Zeitungsverkäufer zögerte. Ausdruckslos richtete er seine grauen Augen auf mich. Einmal über den Tamar gegangen, sagte er, kehrt man nur geköpft, gevierteilt oder gepfählt zurück.

An jenem Morgen begann der Zeitungsverkäufer dennoch, von Newlyn zu erzählen. Die Jungen hatten sich, außer im Schulzimmer, fast nur im Fischereihafen aufgehalten, und die ersten Wörter, die er buchstabieren lernte, waren die abenteuerlichen Namen der Fischkutter, die dort tagsüber versammelt waren, alle alt, lädiert, verrostet, eine unübersehbare Heerschar, und immer ein Girren und Ächzen in den Takelagen. Am Beginn der Mole, auf deren ganzen Länge sich die Remisen der Fischer erstreckten, stand ein Hafengebäude mit einem Aussichtstürmchen, von einem grünen Kupferdach gekrönt, darüber drehte sich ein Segelschiff aus Messing je nach Windrichtung, nur danach fragte ihn sein Vater ab, nicht nach Rechenaufgaben, nicht nach Konjugationen. Die einzige Frage war, woher der Wind wehte. Der Vater war kurzsichtig, er ließ es sich nicht anmerken, glücklicherweise waren die zwei Gezeitenuhren am Hafen groß wie Bahnhofsuhren. Es war sein Amt, sie jeden Tag in der Frühe einzustellen, auf dem linken Zifferblatt die Flut vor Mittag, auf dem rechten die Flut nach Mittag. Wenn der Vater weniger schweigsam war als sonst, durfte auch er auf die Leiter klettern und an den Zeigern rücken. Es war gut, daß er dieses Geschäft beherrschte, so konnte er auch an jenem Novembermorgen, als das Meer zwischen schwarzen Flächen weißglühend schäumte und nur noch in der Ferne finstere Wolken wie zerfranste Vorhänge herabhingen, die Flutzeiger richten. Er wußte die genaue Zeit nicht, er rückte sie einfach erfahrungsgemäß etwas vor, obwohl er es kaum zustande brachte mit seinen klammen Fingern, steif vor Kälte und Elend. Vergebens hatte er am Anfang der Mole auf seinen Vater gewartet, zwischen den heimgekehrten Fischkuttern suchte er mit zunehmendem Herzklopfen nach dem alten grauen Saint Piran. Schließlich fand er ihn, vertäut an seinem Platz. Er kletterte, laut seinen Vater rufend, in den Kutter hinein, stolperte über Krabbenkörbe, Eisenketten, Ankerseile, Fischernetze. Da lag mittendrin am Boden sein Vater, und er glaubte, er sei tot. Er berührte die Hand seines Vaters, die voller Blut war, aber das Blut rann aus den zerfetzten Kiemen eines riesigen Fisches, den der Vater im Arm hielt. Das Blut bildete bereits eine tiefrote Lache, in der sein Vater lag, in seinen hüfthohen schwarzen Gummigamaschen, den einen Arm fest um den verendeten Fisch geschlungen. Auch aus dem halbgeöffneten Fischmaul floß Blut, das Auge war weit aufgerissen. Der Vater rührte sich nicht, aber er atmete, er mußte zu Tode erschöpft sein. Ich weiß nicht, wie lange ich meinen Vater anstarrte, der den blutenden toten Fisch umarmte, sagte der Zeitungsverkäufer, ich brachte kein Wort hervor. Alles war so unendlich trostlos. Und dann rannte ich, als gälte es mein Leben, die Mole entlang zurück zum Hafengebäude mit den Flutzeigern. Meine Finger waren so steif, daß sie nicht einmal zitterten beim Richten. Als ich endlich herunterkletterte, stand mein Vater unten bei der Leiter. Es war das einzige Mal, daß er mir langsam über den Kopf strich, und ich, plötzlich schluchzend, sah zu ihm auf, das Haar an seiner Schläfe war noch blutverkrustet.

Die meisten Passanten auf der London Bridge gingen achtlos an dem Zeitungsverkäufer vorüber. Einige blickten angewidert weg, manche beschleunigten ihre Schritte, wenige schienen ihn zu kennen, und selten kaufte jemand eine Zeitung. Von der Südseite her näherte sich eine lärmende Schulklasse kleiner Jungen in Uniform, fast alles Schwarze, sie trugen mit sichtlichem Stolz ihre Blazer, ihre Turnschuhe aber waren zerschlissen und schmutzig. Sie stießen und schubsten sich oder hielten einander um den Nacken und musterten mit dem unverhohlenen Interesse von Kindern und dem ihnen eigenen undurchdringlichen Gemisch aus Mitleid und Grausamkeit den Zeitungsverkäufer. Zur gleichen Zeit wurde hinter dem Regent's Park einigen Mädchen in karierten Faltenröckchen und dunkelgrün bebänderten Strohhüten ein abgeschlossener Squaregarten, eingerahmt von weißen Narzissen und abschirmenden Gebüschen, zur Erfrischung geöffnet und hinter ihnen wieder verriegelt. Der letzte der kleinen Jungen, die jetzt die London Bridge überquerten, drehte sich um und winkte. Auch wir haben in Newlyn nur in verschworenen Gruppen gelebt, sagte der Zeitungsverkäufer, eigentlich hätte das meine Großmutter beruhigen können, aber genau das Gegenteil war der Fall. Das erste Mal, da sie mich unverzüglich nach Penzance holte, war nach jenem Vorfall auf der Mole, als eine verfeindete Kinderbande mich dort eingeschlossen hatte. Anfänglich hatten sie mich in einen der aufeinandergestapelten Krabbenkörbe einsperren wollen, doch ich muß derart heftig gestrampelt haben, daß sie die Schelte für einen zerrissenen Korb fürchteten, denn diese Krabbenkörbe sind aus besonderen schwarz eingefärbten Netzen gefertigt, da eine hellere Farbe die Krabben verscheuchen würde. Der kräftigste der Jungen drückte mir den Ellbogen ins Gesicht, weil ich zu schreien begonnen hatte, und schleifte mich schließlich zu dem Drahtkäfig, in dem Dutzende von hohen Gasflaschen wie gefangene Piraten versammelt waren. Die Jungen brachen das Schloß auf und stopften mich, den Mund regelrecht geknebelt, in eine Lücke zwischen den Gasflaschen. Erst bei Einbruch der Nacht fand mich mein Vater, der den Saint Piran und die ganze Mole nach mir abgesucht hatte. Bei seinem Näherkommen scharrte ich verzweifelt mit den Füßen, er nahm wohl an, eine Ratte treibe ihr Unwesen im Drahtkäfig mit den Gasflaschen, und sah nach, so entdeckte er mich endlich. Am Morgen darauf, ich hatte meinen Toast noch nicht gegessen, stand meine Großmutter mit feuchtgekräuseltem Haar vor der Tür, sie war den langen Weg das Meer entlang zu Fuß gekommen, und nahm mich mit nach Penzance.

Über London stiegen unaufhörlich Flugzeuge in den Himmel auf oder näherten sich im Sinkflug. Der Zeitungsverkäufer hielt inne und verfolgte sie mit dem Blick. Und dort, fragte ich, wie war es in Penzance? Er drehte sich nach mir um, er schien auf einmal nicht mehr darauf zu achten, welche Gesichtshälfte er mir zuwandte. Ich registrierte kurz, daß die dunkelroten Flecken sich bis übers Ohr hinzogen, der Rand des Ohrläppchens knotig vergrößert war und der eine Mundwinkel nicht eine eigentliche Verzerrung, sondern eher eine schwammige Verdickung aufwies. Ich hielt seinem Blick stand und wiederholte, als würde ich mit meiner Frage einen Pakt besiegeln, und in Penzance?

11

HIGH WATER 6.98 m

Noch in jenem Winter, sagte der Zeitungsverkäufer, als ich den Vater mit dem toten Fisch im Arm fand, ist er in einer stürmischen Frühe mit seinem Saint Piran nicht mehr heimgekehrt. Tagelang tobte und wütete damals das Meer, selbst in Penzance schlug es in haushohen Wellen über die Promenade und ließ Sand, Steine, Felsbrocken zurück und ganze Haufen von jenen schwarzbraunen Meeralgen samt ihren aufgequollenen Wurzelstöcken, die man manchmal bei Ebbe vereinzelt am Ufer findet, wie zerfetzte alte Trauerkleider klebten die Algen auf der Promenade fest. Eine trügerische Ruhe hatte sich in der Nacht unerwartet über das aufgewühlte Meer gelegt. Der Vater war trotz Warnungen hinausgefahren, doch noch in der Dunkelheit erhob sich von neuem der Sturm. Meine Großmutter fand mich am Morgen, völlig durchnäßt und durchfroren, auf der Mole. Auch sie wußte, wo die Leiter war, und hielt sie gerade, während ich die Flutzeiger richtete. Aber als ich hinunterkletterte, spürte

ich, daß die Leiter schwankte, obwohl meine Großmutter sie doch mit beiden Händen umklammerte.
Das Zittern und Schwanken mußte aus ihr selbst
kommen. Endlich unten bei ihr angelangt, sah ich,
daß ihr Körper zuckte und bebte. Heftig drückte
sie mich an sich, und in diesem Augenblick ging ihr
ganzer innerer Aufruhr auf mich über, als würde
ich mit ihr zusammen von den immer noch aufge-
peitschten Wellen fortgerissen ins dunkle Meer, in
dem, das wußte ich jetzt, mein Vater untergegangen war. Meine Großmutter behielt mich für immer bei sich in Penzance. Aber ich machte ihr das
Leben schwer, weil ich jeden Morgen die Flutzeiger
in Newlyn richten wollte! Anfänglich kam sie oft
mit, wir liefen die Mole auf und ab, und im Gewirr
der heimgekehrten Fischkutter suchten wir beide,
unausgesprochen, nach dem grauen Saint Piran.
Meine Großmutter betrat dann jedesmal auch die
Remisen der Fischer, die bei ihrem Erscheinen re-
spektvoll aufstanden, meine Großmutter hatte etwas an sich, daß sich immer alle erhoben. Lag es an
ihrem offenen Gesicht, mit den vom Morgenwind
geröteten Wangen, als käme sie direkt vom Meer?
Ich aber folgte ihren Blicken. Eine schwarze Gum-
mijacke meines Vaters hing noch an einem Haken,
seine Teetasse stand unverändert neben dem Spül-
trog, darüber auf der gekalkten Wand ein Gekritzel
von seiner Hand, Asche, und ein Pfeil. Manchmal
jedoch, bei endlosem Regen oder beißendem Wind,

wurden meiner Großmutter die Morgenmärsche nach Newlyn zuviel. Kind, rief sie dann, Jonathan! Jemand anders wird die Flutzeiger richten, jemand anders richtet sie sehr genau!

12

LOW WATER 0.67 m

Jonathan! Das also war sein Name. Achtlos, bestimmt ohne es zu bemerken, hatte er mir seinen Namen zugeworfen, aber ich hielt ihn fest wie eine jener vom Meer auf die Promenade von Penzance geschleuderten Meeralgen, samt dem bizarr geschwollenen Wurzelstock, und die Algenblätter klebten nun an mir wie eine zerfledderte schwarze Fahne. Der Zeitungsverkäufer mußte irgendeine überraschte Bewegung an mir wahrgenommen haben. Er sah mich aufmerksam an, doch glücklicherweise beugte sich in diesem Moment ein Passant über die Zeitungen und kaufte eine. Ich spürte einen fast unwiderstehlichen Impuls, mich zu verabschieden, auf jeden Fall zu gehen, bevor ich mich in meiner Freude über die Trophäe, seinen Namen, verraten würde. Doch der Zeitungsverkäufer wirkte auf einmal etwas betreten. Nicht wahr, sagte er, ich rede so viel, viel zuviel! Meine Großmutter sagte oft, das hätte ich von ihr, das wäre den Iren und den Menschen an den Küsten Cornwalls gemeinsam, daß sie ununterbrochen schweigen oder ununterbrochen erzählen würden, aber Schweigen und Erzählen sei ein und dasselbe, nichts anderes als das Rauschen des Meers.

Nein, rief ich, Sie reden überhaupt nicht zuviel! Und wider meine Absicht setzte ich mich auf das Brückengeländer, obwohl es etwas hoch war und ich mich hinaufziehen mußte, aber können Sie sich vorstellen, daß ich als Kind nicht wußte, was das Meer ist? Daß ich nie einen großen Fisch gesehen habe? Wir kannten nur vom Baden im See die Gründel, diese winzigen Fische, die einem in Schwärmen um die Beine flitzen, wenn man mit den Füßen den Schlamm aufwühlt, und Froschlaich! Froschlaich allerdings in Unmengen, bis zum Fürchten. Mit Eimern und Suppenkellen bewaffnet, verschwanden wir in den an den See angrenzenden Sumpfwiesen und schöpften den Laich aus den Tümpeln, um ihn zu Hause wissenschaftlich zu beobachten. Aber das unheimlich schnelle Wachsen der schwarzen Punkte im schwabbeligen grünlichen Laich, das baldige rege Herumschwänzeln versetzten uns in zunehmende Besorgnis. Eines Morgens würden wir erwachen, und ein garstiger Frosch würde seinen Kopf aus dem Wasser strecken! Oder er wäre bereits aus dem Wasser gehüpft, und wie im Märchen vom Froschkönig käme, während wir beim Abendessen sitzen würden, plitsch, platsch, plitsch, platsch, etwas die Treppe heraufgekrochen. In panischer Eile trugen wir beim Einnachten allen Froschlaich zum nahen Bach und schütteten ihn ins Wasser.

Eine junge Frau, die sich kaum auf ihren hohen Absätzen halten konnte und trotz des kühlen Winds nur so etwas wie einen kurzen Unterrock trug, kaufte eine Zeitung. Jonathan war beschäftigt, hatte mir aber vorher einen erheiterten Blick zugeworfen, und ich war plötzlich befeuert von der Idee, daß meine Froschgeschichte, erzählt vom Brückengeländer herab, die Macht besaß, Käufer anzulocken, so wie das Elend der schlafenden Obdachlosen auf ihren plattgedrückten Wellkartons in der Whitechapel Road seltsam verstärkt wurde, wenn ein Hund neben ihnen lag. Ich hörte nur einmal von einem größeren Fisch, fuhr ich fort, aber den habe ich nicht lebend zu Gesicht bekommen! Und ich begann, von dem Aal im Pfarrhof meines Onkels zu berichten, entschlossen, nicht damit aufzuhören, bis eine weitere Zeitung verkauft wäre. An einem schwülen Sommernachmittag hatte ich mich, als meine Mutter und die Schwester eingeschlafen waren, aus dem roten Saal hinausgeschlichen, fort über die Treppe hinunter ins Freie, wo ich mich im hinteren Teil des Gartens, auf den

die Küche hinausging, zwischen den Johannisbeersträuchern versteckte. Es war eine große Küche,
noch weit geräumiger als das Eßzimmer. Hier regierte die ältere der beiden Tanten, die unaufhörlich mit dem Kopf wackelte, sehr korpulent und
von grenzenloser Nachsichtigkeit uns Kindern gegenüber war. Alle Fensterläden der Küche waren,
wohl der Gewitterschwüle wegen, zugezogen, aber
plötzlich drang aus den dahinter offenen Fenstern
ein lauter Wortwechsel. In die Stimmen der Tanten
mischte sich eine sonore Männerstimme, ein höchst
seltener, kapitaler Fang für unsere Gewässer! Den
ganzen Morgen habe ich ihm aufgelauert, immer
wieder entwischte er mir im tiefen Schlamm, er
ist nahezu ein Meter lang und bestimmt vier Kilo
schwer, ich kann jetzt nur den Deckel nicht weg-
ziehen, weil er ja noch lebt, aber Sie werden sehen,
welch prächtiges Exemplar ich für Sie gefangen
habe. Seine Schuppen sind so zart und fast durch-
sichtig, daß er Ihnen geradezu nackt vorkommen
wird. Töten Sie ihn ja erst unmittelbar vor dem Ko-
chen, je frischer, desto besser!

Der Mann wurde nun offenbar zur Küche hinaus-
komplimentiert. Eine kurze Stille trat ein, während
der ich mich unter den zugezogenen Fensterläden
niederkauerte, um die bald darauf wieder einset-
zende Unterhaltung der beiden Tanten, jetzt un-
gleich leiser, dafür um so erregter, mitzuverfolgen.

Gott, was machen wir nun mit dem Tier! seufzte die ältere Tante, bereits gekocht oder eingesalzen wäre mir hundertmal lieber gewesen, dem Herrn Pfarrer können wir es nicht sagen, er würde den Aal sofort wieder in den See zurückbringen. Und sie ist in solchen Situationen erst recht nicht zu gebrauchen, versetzte die jüngere Tante. Ich ahnte, daß sie damit meine Mutter meinte. Am besten machst du ein Ragout daraus, fuhr sie fort, hast du nicht dieses Rezept mit in Rotwein gekochten Pflaumen? Aber ich kann dir auf keinen Fall helfen, die Haut abzuziehen. Wenn der Aal so groß ist, wird die Haut ungeheuer dick und schleimig sein, alle meine Paramenten hätten nachher diesen grässlichen Fischgeruch! Doch wann töten wir ihn nun, warf die andere Tante ein, erst morgen? Nein, natürlich jetzt! rief die jüngere Tante entsetzt, was fällt dir ein? Du weißt doch, wie wanderlustig Aale sind, wie sie aus den Seen in die Flüsse ziehen und von dort bis ins Meer und wieder zurück, nicht einmal der Rheinfall bei Schaffhausen kann sie aufhalten! Und hast du vergessen, wie wir kürzlich in der Zeitung lasen, daß in den großen Städten Aale sich in die Wasserleitungen wühlen und durch diese oft mehrere Stockwerke hoch in den Häusern empordringen? Willst du ihn etwa in unserem Schlafzimmer haben?! Wenn ich mich nur erinnern könnte, wo ich das Rezept hingelegt habe, sagte die ältere Tante, und ich hörte sie im Küchenbuffet herumhantieren, braucht es für die Marinade nicht noch Stangensellerie und ein Gläschen Cognac? In diesem Moment entfuhr der anderen Tante ein Schrei, der Deckel hat sich gehoben! Ich schwöre es dir. Du mußt ihn unverzüglich töten, du weißt doch, wie man das am sichersten macht. Du schüttest gleich ein Viertelkilo Salz in den Eimer, gießt rasch einen halben Liter Essig nach, schließt schleunigst den Deckel wieder und setzt dich darauf. Und da bleibst du sitzen, bis er tot ist! Aale sind fürchterlich zäh, im Todeskampf wird er verzweifelt hochschnellen im Eimer, es wäre völlig nutzlos, wenn ich auf dem Deckel sitzen würde, nur du kannst ihn mit deinem Gewicht gehörig beschweren!

Ich saß immer noch auf dem Brückengeländer und hatte gar nicht bemerkt, daß es Abend geworden war. Der Zeitungsverkäufer stand vor mir, die unversehrte Seite seiner Stirn leuchtete weiß. Drei Zeitungen verkauft! Er sagte es beinahe lakonisch, dennoch nicht ohne Betonung. Den Ausdruck seiner Augen konnte ich im Dunkeln nicht mehr erkennen. Die prall aufsitzenden Knoten seiner Verunstaltung verschwammen zu einer einzigen, in der Gesichtsmitte scharf begrenzten Fläche. Wie eine Halbmaske, dachte ich, wenn es Nacht wird, kann man sie abnehmen und die heile Haut darunter berühren. Es roch nach Algen und Tang. Die Themse stand fast still. Der freigelegte Schotter glänzte in der Quaibeleuchtung. Delphinleiber aus schwarzer Bronze mit gefräßig aufgerissenen Mäulern wanden sich so eng um die alten Kandelaber, als würden sie mit ihnen verschmelzen. Ich sprang vom Brückengeländer herunter. Wie habe ich mich verspätet! Wann haben Sie die neue Zeitung? Vielleicht morgen! rief der Zeitungsverkäufer. Ich winkte und lief auf die Brückenmitte zu, dort hielt ich inne und drehte mich um. Nochmals hob ich den Arm und winkte, obwohl ich Jonathan schon aus den Augen verloren hatte. Nach nur zwei Stationen stieg ich wieder aus der Underground hinauf. Das Gefühl, eine Entdeckung hinaus in die Nacht tragen zu müssen, damit sie unbemerkt bliebe, wich nicht von mir. Im East End wurde überall noch gearbeitet. Die kleinen Läden waren geöffnet, hinter erleuchteten Kellerfenstern waren Frauen am Bügeln und Sortieren von Wäschebergen, Geratter von Nähmaschinen war hörbar. Ein Jaulen, wie aus weiter Ferne, ließ mich in die Höhe schauen, in den Eisenstangen eines Gerüsts, das die Fassade eines Abbruchhauses sicherte, pfiff der Wind. Schmale Bogenfenster, mit Spuren früherer Goldfarbe, gaben dem Gebäude etwas Tempelartiges. Aber die Fenster waren hohl. Nur Dunkelheit starrte aus ihnen. Der Verputz, mit eingemeißelten Pflanzenranken, war in großen Stücken heruntergefallen. Auf einem der Fenstersimse, vielleicht von Taubenkot so gut genährt, hatte ein Strauch Wurzeln geschlagen und wucherte, zu einem Baum angewachsen, über eine ganze Etage. Von Ruß geschwärzte indische Schriftzüge verliefen wie ein florales Band um die ebenerdigen, nur teilweise verrammelten Schaufenster. Inzwischen war der volle Mond aus ruhelosem Gewölk hervorgetreten und schien durch eine eingeschlagene Scheibe bis ins Innere.

Etwas glitzerte im Dunkeln auf, Stickereien, funkelnde Bordüren. An bunten Plastikbügeln hingen immer noch Saris, vor allem die zitronengelben und lachsfarbenen schimmerten hell. Hinter der eingebrochenen Scheibe häufte sich hineingeworfener Müll, das Mondlicht verschwand jäh wieder. Das Ladeninnere tauchte in die Finsternis zurück. Vor wohl nur einem halben Jahrhundert waren seine Besitzer aus den Kolonien hierhergezogen, aber längst hatten neue Einwanderungswellen sie weggespült. Vom Westen her drängten gigantische Hochhäuser erdrückend näher, im Osten blinkte Canary Wharf, Sekundenwarnung der vorrückenden Docklands. Und ich lief durch das nächtliche East End, ohne jeden Gedanken an Schlaf. Ich trug seinen Namen mit mir fort! Jonathan. Königliche Beute.

13

HIGH WATER 7.08 m

Inzwischen war es Mai geworden. Der Weißdorn
begann zu blühen! Auch auf meinem winzigen
Square mit dem Bazar hingen weiße Blütenzweige
über den Zaun eines Hintergartens. Mir war, als
sei ich schon lange hier, aber noch nicht lange genug. Traf ich den Bazarbesitzer allein an, begrüßte
er mich freudig und lachte, trat jedoch ein anderer Mann, vor allem ein älterer, hinzu, wurde sein
Gesicht ausdruckslos. Vor dem pakistanischen Eßlokal mit dem kleinen Fernseher auf dem Mikrowellenherd blieb ich regelmäßig stehen, aber der
Vulkan Eyafjallajökull tauchte nie mehr auf dem
Bildschirm auf. Manchmal fand sich in den Zeitungen noch ein kurzer Bericht über die nun sehr
verminderte Ascheförderung, immer noch würden nachts Blitze und glühende Wurfschlacken die
Eruptionswolke illuminieren, und ein Lavastrom
beginne, unter dem steil abfallenden Gletscher
durchzuschmelzen. Doch der Flugverkehr hatte
sich restlos normalisiert. Kein Wort mehr von den
verendeten Tieren, den Kindern mit Atemnot, dem
mühseligen Ascheräumen von Feldern und Gehöf-
ten. Die Tagesschau war längst zu neueren Sensa-
tionen übergegangen. Es vergeht ja kein Tag ohne
ein abscheuliches Verbrechen in irgendeinem Lon-

doner Stadtteil. Vor schockierenden Bildern wird zwar gewarnt, aber im nächsten Augenblick sind sie schon da, geliefert von einer der allgegenwärtigen Überwachungskameras, Szenen äußerster Brutalität.

In den kümmerlichen Vorgärten, auf den Squares, in den Parks explodierten die letzten Knospen. Und immer war es stürmisch, zogen die Wolken, und an der Themse wimmelte es von Menschen. Unter der Glaskuppel vor einer Underground Station stand mitten im Gewühl auf einer hohen Leiter eine junge Frau in einem ärmellosen roten Trikot und jonglierte mit weißen Kegeln, wobei sie ununterbrochen in lautem rauhem Slang vor sich herfabulierte. Nie mehr hatte ich, in einem Seitenschiff der Westminster Abbey, das Kind in seiner Marmorwiege aufgesucht. Eine eigenartige Furcht befiel mich bei dem Gedanken, das kleine Gesicht des sacht eingewickelten Kindes könnte nicht mehr im Spiegel erscheinen, ich stünde lange davor, umspült von Besucherströmen, doch er bliebe leer. Ich brauchte eine lebendigere, atmendere Versicherung! Immer häufiger fuhr ich mit der Underground an den Stadtrand bis zu den Gärten von Kew. Aber nicht der gleißende Glasdom, das Palmenhaus, weder die Pagode noch die voll erblühten Trompetenblumen lockten mich, sondern ein ganz bestimmtes Gewächshaus, nur so groß wie eine Kapelle, zog mich an. Es stand für sich allein, leicht übersehbar, die Glaswände von innen her zugewachsen mit üppigem Pflanzenwerk und beschlagen von Dunst, auch außen rankten sich Wicken und Winden an den Eisenverstrebungen empor bis zum Dach. Kaum hatte man das Gewächshaus betreten, tauchte man in eine feuchte tiefe Wärme ein. Auf dem Teich, der das ganze Innere ausfüllte, schwammen die Victorias mit ihren riesigen kreisrunden Blättern, diese Wasserrosen, die den Amazonas hinabtreiben. Fiel Sonnenlicht durch das Glasdach, wurden die aufgestellten fingerhohen Blattränder durchscheinend, das feine Geäst der Adern wurde sichtbar und glich einem schützenden Waldsaum. So geborgen, umschlossen von Unangreifbarkeit, stellte ich mir dann das Kind vor, das längst erwachsene, reisend auf dem fernen Strom. Woher mir dieser Glaube kam, den ich nährte mit allen meinen Lebensfasern, war mir unbegreiflich, wurde ich doch weniger an mir selbst der Vergänglichkeit inne, dafür jedoch schneidend scharf an den Höhenflügen und Stürzen der Jugend, der Fragilität aller Freuden, den bitteren Enttäuschungen. Einige der Victorias waren wohl eben aufgegangen, sie leuchteten weiß über dem schwarzen Teich, andere Blüten waren violett verfärbt. Das schmale Gobelinkissen fiel mir ein, das ich einmal dem Kind aus einer fremden Stadt mitgebracht hatte, auf dunkelgrünen Grund war eine kleine Seerose gestickt. Das Kissen wurde bei Wutausbrüchen und Freiheitskämpfen jeweils mit Wucht in mein Zimmer geschleudert und erhielt oft erst nach Wochen sein Gastrecht wieder zurück. Es war jene Zeit, da man als Mutter alles falsch macht. Während andere in meinem Alter gefestigt von Erfahrung dastanden, wurde ich in die größte Verunsicherung gestürzt. Das kleine Gobelinkissen mit der gestickten Seerose flog dauernd durch die Luft! Vielleicht blieb ich nun deshalb nach dem Verlassen des Gewächshauses jedesmal lang unter den gewaltigen Bäumen, die dahinter wuchsen. Wie oft hatte ich mir zugesprochen, Baum der Hoffnung, bleibe stark. Und da waren sie, die trostspendenden Bäume, Riesen aus zwei Jahrhunderten, eine Kastanieneiche mit einem rissigen Rindenpanzer wie eine Meerechse und ein ausladender Ahorn, seine wulstigen Astleiber verzweigten sich zu einer majestätischen Krone. Ich betastete die ungeheuren Stämme, lehnte mich still an sie, kein Land hat herrlichere Bäume als England. Nirgends sonst waren die Wiesen noch von so vielen wilden Hecken durchzogen, und nie war mir ein Frühling strahlender und üppiger erschienen als hier.

Selbst in den düstersten Hinterhöfen ahnte man, daß nun Wellen von lichtem Grün über die Welt flossen, auch wenn nur ein paar Kirschblüten in den Regenrinnen daran erinnerten oder das verzückte Jubilieren einer Amsel in der Dämmerung. In Parkwinkeln, wo Apfelbäume standen, deren Äste sich unter der Blütenfülle zu Boden neigten, wurden kleine Bierwirtschaften eingerichtet. Als ich in das dunkle Innere der alten Kirche beim Nordende der London Bridge eintrat, war mir, als betrete ich einen unterirdischen Garten. Eingezwängt zwischen neuen Geschäftshochhäusern, war die Kirche kaum mehr zu sehen. Aber wenn ihr Glockenspiel erklang, drang dieses zwar wie aus der Ferne, doch seltsam vernehmlich durch den lautesten Verkehr bis ans andere Ufer der Themse hinüber, und man glaubte, einer Unterwassermusik zu lauschen. Schwarzes Eichenholz beherrschte das Kirchenschiff, nur das Weiß der kannelierten Säulen mit ihrem Abschluß aus vergoldeten Akanthusblättern schuf eine Illusion von Licht. Ein heller Schein aber kam jetzt von einem Marienbildnis, geschmückt mit einem Brautschleier und bekrönt von einem Blumenkranz. Es stand auf einem Sockel, umgeben von brennenden Kerzen. Ein Wald von gelben und weißen Liliensträußen duftete und mischte sich mit schweren Wolken von Weihrauch. Nie mehr, seit Kindheitstagen, hatte ich eine solche Maienpracht in einer Kirche entdeckt, nicht einmal in den Ländern des Südens. In der Höhe, unwirklich weit weg, donnerte der Verkehr über die London Bridge.

14

LOW WATER 1.25 m

Jonathan von meinen Frühlingsfahrten zu erzählen, wagte ich nicht. Ob er, wenn er nicht gerade Zeitungen verkaufte, überhaupt aus dem East End herauskam? Ich hatte auch erst kürzlich erfahren, daß er mit dem Steeldrummer aus Jamaica zusammenwohnte, dieser sei, sagte er vor ein paar Tagen, wieder in den Besitz von zwei Holzschlegeln gelangt und derart begeistert darüber, daß er ihn jeden Morgen mit seinem Getrommel wecke, er schlafe ja wie ein Stein! Ich war überrascht, daß Jonathan etwas aus seinem Leben in Bethnal Green erwähnte, so sehr hatten wir es uns zur Gewohnheit gemacht, von nichts anderem als von Newlyn und Penzance zu sprechen, als könnten wir nur mit diesen Geschichten, begonnen in der ersten lauen Nacht während der Flugstille über London, einen uns selbst nicht ganz faßbaren Ausnahmezustand aufrechterhalten. Aber ob Jonathan wirklich so viel daran lag, wie ich glaubte, aus seinem Verhalten zu erkennen? Es gab Tage, da er gereizt wirkte und eine aggressive Hoffnungslosigkeit aus ihm brach. Ich stockte in meiner mir schon so notwendig gewordenen Freude, auf die London Bridge zu eilen, machte Umwege, trödelte herum, erschien schließlich wie zufällig bei seinem Standplatz am Südende.

Jonathan machte keine Bewegung, als wolle auch er ein Gefühl verbergen. Er schaute mich nur etwas abwesend an. Oder irgendwie erschrocken? In seinen Augen dunkelte wieder dieser ungewisse Lichtstreifen, weit draußen auf dem Meer. Flackerten die Flecken in seinem Gesicht nicht in einem nervösen Rot? Scham über meine Zweifel ergriff mich. Beinahe hätte ich Jonathan bei der Hand genommen, eine Spur zu lebhaft rief ich aus, was für ein Tag heute! Unten an der Themse habe ich einen Jungen schon im Wasser herumwaten sehen, fahren Sie denn auch manchmal zur Stadt hinaus?

Jonathan musterte mich. Ob etwas Verdächtiges an mir war, das auf lange Streifzüge durch Parks hinwies? Dann bückte er sich, ordnete seinen Zeitungspacken und sagte, natürlich, wozu glauben Sie, habe ich mein Fahrrad? Am liebsten radle ich bis nach Kew! Immer die Themse entlang, anfangs ist es etwas hektisch, man muß oft die Uferseite wechseln, um den besseren Fahrweg zu erwischen, aber zum Glück kommt eine Brücke nach der anderen, wissen Sie, wie viele es sind, von der London Bridge bis nach Kew? Ich schweifte mit dem Blick die Themse hinauf, in frischem Türkisgrün schwang sich die Southwark Bridge über das Wasser, weiter vorn leuchtete das Purpurrot der Blackfriars Bridge, doch dann machte der Fluß schon bald sein Knie, und ich ertappte mich wieder einmal dabei, daß wir ganz unzutreffende Vorstellungen vom Leben anderer Menschen haben. Keine Ahnung! lachte ich. Vierundzwanzig, Eisenbahnbrücken mitgezählt, sagte Jonathan, vierundzwanzig Brükken von der London Bridge bis nach Kew, ich radle stets im schnellstmöglichen Zickzack die Themse hinauf. Er stand jetzt sehr aufrecht, mit dem linken Fuß bugsierte er achtlos seinen Zeitungspakken beiseite, er hatte von neuem etwas von diesem herausfordernden Stolz an sich, der mich stets mit Zuversicht erfüllte. Aber warum dachte ich in solchen Augenblicken, es gehe ihm gut?

Ohne Halt bis zur Battersea Power Station, fuhr Jonathan fort, das habe ich mir in den Kopf gesetzt! Bei Rot flitze ich einfach durch, überquere die Brücken, wechsle die Fahrbahn, erst gegenüber der Battersea Power Station mache ich den ersten Stop. Sie ist so imposant und so verrottet. Sie ist ja nur noch eine Ruine, hinter den Fensterhöhlen der Vorderfront gähnt der leere Himmel. Je nach Wetterlage wirken die Backsteinmauern fast schwarz oder färben sich rot im Sonnenuntergang, doch die vier Kamine ragen immer so weiß empor, als wären es die vier Pfoten eines Tiers, das im Todeskampf auf dem Rücken liegt. Und dann fahre ich weiter die Themse aufwärts, mit höchster Geschwindigkeit, es ist eine rasante Fahrt in die Zukunft! Das alte London scheint untergegangen zu sein. Aus gigantischen Siedlungen ragen Glastürme mit Dächern wie Vogelschwingen, Wohnblocks steigen treppenartig bis zu den Wolken. Aber dann erhebt sich, wie ein Überrest aus der Vergangenheit, in hellem und dunklem Grün angemalt, die Hammersmith Bridge über der Themse. Und mit einem Mal sind unberührte Uferstreifen da, Sträucher, Weiden, Pappeln, dahinter das flache Land, der Horizont immer weiter, und auf den früheren Treidelpfaden fahre ich bis in den Abend hinein. Jonathan hielt inne, und als läse er in meinen Gedanken schloß er, beinahe spöttisch, in Parks gehe ich nie. Aber die blauen Bäume, rief ich, diese Bäume, die blühen, als hätte sie jemand in königsblaue Tinte getaucht? Jonathan schob mit den Füßen ganz unbeeindruckt seinen Zeitungspacken zurecht. Ich mag nur Binsen, sagte er, die Binsen am Themseufer, sie gleichen dem Strandhafer von Cornwall, hinauf gegen Kew gibt es dichte Horste von Binsen. Was für eine wehrhafte Pflanze. Wie die stechen können! Besonders in diesen Tagen, da sie blühen, aber haben Sie die inneren Blütenblätter schon einmal angeschaut, die langen Spitzen mit häutigem Öhrchen?

Wahrscheinlich stand ich da mit hochgezogenen Augenbrauen, jedenfalls schien sich Jonathan über mich zu amüsieren. Das kommt von den Fahrradfahrten mit meiner Großmutter, sagte er, das Fahrrad war ihre Leidenschaft! Und er erzählte, wie sie ihm auf stundenlangen Fahrten alles gezeigt hatte, den Strandhafer, die Farne, Wacholderbüsche, Ginster und Heidekraut. Es zog sie immer aus dem Haus, selbst bei Regen und Wind fuhr sie mit Jonathan auf dem Gepäckträger los. Am meisten liebte sie die Fahrwege hoch über der Küste das Meer entlang. Aber manchmal ließen sie das Rad stehen und kletterten in verlassene Buchten hinunter. Er erinnerte sich an gewaltige Schirmpinien oben am Küstenrand und an den Abhängen alte Steineichen, von Stürmen derart niedergedrückt, daß es aussah, als würden sie den Hang hinaufkriechen. Einmal waren sie, als es schon dämmerte, in die undurchdringlichste Macchia geraten, die über ihren Köpfen zusammenschlug. Eine Weile noch war die Großmutter vorausgegangen, beide Arme hochgehoben, um die Wildnis zu zerteilen. Sie waren von dem Gestrüpp schon vollkommen umschlungen und zerkratzt. Jonathan glaubte zu ersticken. Die gierigen Pflanzen würden ihn auffressen! Da kehrte die Großmutter mit ihm um. Erst mit der Zeit fiel Jonathan auf, daß ihre scheinbar ziellosen Fahrten stets in einem Friedhof endeten. Es gab nur wenige dieser Friedhöfe über dem Meer, ganz ohne Blumenschmuck, da dieser von den Sturmböen sowieso zerfetzt worden wäre, manche Grabsteine schief und teilweise eingesunken, doch alle ausnahmslos gegen Osten gerichtet, da der salzige Westwind sonst in kürzester Zeit die Inschriften gelöscht hätte. Die Großmutter studierte alle diese Inschriften mit großer Aufmerksamkeit, viele waren verwittert und mit rostbraunen Flechten überzogen, daß sie kaum mehr zu entziffern waren. Aber Jonathan fand bald heraus, was sie suchte, siehst du! rief sie oft unvermittelt lebhaft und ergriff seine Hand, dieser Fischer, ertrunken auf See! Und seine Frau, die ihn so lang überlebte, aber sieh nur den Sohn, auf demselben Grabstein, auch er, ertrunken auf See! Mit einundzwanzig. Die Großmutter suchte nur nach Ertrunkenen auf den Friedhöfen. Und es gab so viele. Sie merkte sich Namen, Alter und Todesjahr, sie sprach von ihnen wie von nahen tröstenden Verwandten, sie bevölkerten ihre Gedanken auch zu Hause, das ahnte Jonathan, denn manchmal erwähnte die Großmutter, nachdem sie stumm in ihrem Lehnsessel am Fenster zum Meer gesessen hatte, einen der Namen auf den Grabsteinen. Eines Tages kommen die Ertrunkenen zurück, sagte sie, was die Ebbe nimmt, bringt die Flut wieder.

Jonathan schien seine Zeitungen völlig vergessen zu haben. Mitten in dem Menschengedränge, das mit den wärmeren Nachmittagsstunden zunahm, dem Hupen der Busse und Heulen von Ambulanzen schilderte er mir die eigentümlich leeren Zimmer im Haus seiner Großmutter in Penzance. Selbst an den Fenstern duldete sie keine Vorhänge, auch

nicht das kleinste Schiffmodell, welches die Engländer sonst so gern hinter den Scheiben aufstel-
len, überall und immer mußte freie Sicht aufs Meer
sein. Das fand Jonathan etwas merkwürdig, weil
die Fenster der vorderen Hausfront vom Lorbeerbaum zugewachsen gewesen waren und sein eigenes Zimmer stets in einem grünlichen Halbdunkel
gelegen hatte. Aber vom oberen Stockwerk aus, wo
die Großmutter oft in ihrem Lehnsessel am Fenster
saß, sah man tatsächlich ungehindert aufs offene
Meer hinaus. Wenn die Wellen der Flut besonders
stürmisch und immer gebieterischer gegen das Ufer
brandeten, erhob sich die Großmutter manchmal,
und Jonathan stand mit ihr am Fenster, als würden
sie beide darauf warten, einen grauen Fischkutter
am Horizont auftauchen zu sehen, den alten Saint
Piran, mit seinen blinden Fensterluken und dem
verrosteten Takelwerk. Schließlich war auch weiter oben an der Küste, dem Norden Cornwalls zu,
das erzählte die Großmutter mehr als einmal, die
Kapelle des heiligen Piran, übrigens ein Ire wie sie,
von wandernden Sanddünen langsam verschluckt
worden, zuletzt ganz darunter verschwunden und
erst nach Jahrhunderten zeitweise wieder zum
Vorschein gekommen! Jonathan lachte laut auf,
Sie müssen wissen, meine Großmutter konnte
unermüdlich erzählen, beispielsweise von diesen
wandernden Sanddünen, vielleicht wollte sie mir
damit die fehlenden Kinderbanden von Newlyn

ersetzen? Haben Sie sich denn, fragte ich, in dem leeren Haus nicht einsam gefühlt? Nie, antwortete Jonathan, ich hatte dafür meine Großmutter ganz für mich.

Ich starrte kurz auf den Zeitungspacken hinunter. Es war noch die alte Nummer. Die späte Nachmittagssonne spielte rötlich in Jonathans Haar. Die Grenzlinie des Feuermals, mitten im Gesicht, erschien mir heute schärfer als sonst, die verdickten Lippen noch schwammiger, die bräunlichen Knoten über den Wangenknochen zum Platzen prall. Eine jähe Hilflosigkeit ergriff mich, ein Ungenügen von Grund auf. Was wogen schon unsere so eigensinnig dem pausenlosen Verkehr abgetrotzten Gespräche, die nie ohne Scheu gewechselten Blicke? Nur unbedingte Offenheit konnte das dargebrachte Vertrauen erwidern. Es war wie ein Gehen über Wasser. Solange wir redeten, ertranken wir nicht. Je mehr ich dennoch, mit der ganzen Furcht der Zuneigung, einen brennenden Abstand wahrte, desto häufiger schien Jonathan meine Gedanken zu erraten. Warum erwähnte er gerade jetzt die einst auf dem Südtor der London Bridge aufgespießten Verräterköpfe? Es war eine tolle Versammlung von Köpfen, oben auf der Plattform des Brückentors, sagte Jonathan, ich hätte mich vorzüglich als ihr Wächter geeignet. Die Verräterköpfe standen oft dicht wie ein Wald beisammen, mit einer Maul-

trommel hätte ich sie zum Tanzen gebracht! Und
der Wächter genoß freies Logis im Tor. Eine lustige
Gesellschaft besonders bei Mondlicht, fuhr Jonathan fort, diese abgeschlagenen Köpfe. Zuerst wurden sie in heißem Wasser gesotten und dann spe-
ziell präpariert, einige verfaulten trotzdem rasch,
andere Köpfe blieben monatelang so erstaunlich
frisch, daß die Menge der herbeigeeilten Gaffer
den Brückenverkehr blockierte. Es waren ja nicht
nur gemeine Rebellen, die nach der Hinrichtung
aufgespießt wurden, sondern auch widerspenstige
Bischöfe, Herzöge aus höchstem Adel. Verrottete
Köpfe mußte der Wächter durch neue ersetzen,
Verräter sterben nie aus. Jonathan sah mich mit
undurchdringlichem Ausdruck an. Das Nachmittagslicht erlosch mit einem letzten roten Flimmern
in seinem Haar. Wie es wohl roch, dort auf seinem
Scheitel, nach Salz, nach Meer, nach Asche?

15

HIGH WATER 5.61 m

Ich saß noch beim Frühstück, als auf dem Balkon des Nachbarhauses gegenüber ein lautes Tü-
renschlagen losging. Der Balkon erstreckte sich,
an mehreren Wohnungen vorbei, über die ganze

Hausfassade, er war von geringer Breite, eher wie ein Freiluftgang. Dort sah ich nun den arbeitslosen Mann, der mit den beiden krankhaft bleichen Frauen zusammenlebte, wie einen Besessenen herumrasen, wobei er mit den Armen durch die Luft ruderte, als wolle er nach etwas fassen, das ihm immer wieder entwischte. Erst jetzt entdeckte ich das Mädchen mit dem hellblonden Haarschopf und den Ringelsocken, trotz seines Übergewichts sauste es wie ein Pfeil auf dem Balkon hin und her, während der Mann unflätige Flüche ausstieß und herumtobend mehrmals gegen die Hausmauer prallte. Bei den übrigen Nachbarn öffnete sich da und dort die Wohnungstür einen Spalt. Aus einer Balkonecke kam das anfeuernde Lachen des kleinen kraushaarigen Jungen, das jedoch abrupt in ein hysterisches Angstgeschrei überging. Der Mann mußte gestürzt sein. Unten beim Hauseingang öffnete sich auch schon die Tür, ohne Socken und im bloßen Nachthemd flitzte das Mädchen heraus, auf den Fersen gefolgt von den beiden kreischenden Müttern. Der kleine Krauskopf lehnte sich über das Balkongeländer und schrie wie am Spieß. Das Mädchen im Nachthemd schien es nur bis zur Straßenecke geschafft zu haben, von dort wurde es jetzt von den zwei Frauen mit vereinten Kräften zurückgeschleift, es gab keinen Mucks von sich und ließ sich wie ein Stück Holz über die Straße ziehen. Im Innern der Wohnung wurden Gegenstände herumgeworfen, und ein erregter Disput war zu hören. Kurz danach tauchten zu meinem Erstaunen der kleine Junge und das Mädchen in fröhlichster Laune gemeinsam auf dem Balkon auf und riefen dem arbeitslosen Mann, der eben das Haus verließ, heftige Liebesbeteuerungen nach, sie winkten ausgelassen dazu und zogen sich am Balkongeländer hoch, bis sie fast herunterfielen. Der Mann überquerte unterdessen die Straße, wobei er wie immer, kaum merklich torkelnd, die größte Diagonale wählte und es fertigbrachte, mit nervösen Bewegungen zwei Zigaretten nacheinander anzuzünden und fortzuwerfen. Er brummte irgend etwas vor sich hin, ohne sich umzudrehen, während die Kinder sich in ihr Abschiedswinken hineinsteigerten. Die anderen Nachbarn wagten sich wieder vor ihre Tür, nahmen trockene Wäsche herein und hängten nasse auf, in einer Erdgeschoßwohnung begannen zwei junge Männer, Lichtgirlanden an der Fassade zu befestigen. Im Bazar hatte ich von einer bevorstehenden Hochzeit gehört.

Die Flut der Themse war heute nicht besonders hoch, doch bewegter als sonst. Ich mußte an die mir unzugängliche Welt meiner streitbaren Nachbarsfamilie denken, zusammengepfercht in einer engen Sozialwohnung, an das einsame Haus in Penzance mit dem kleinen Jonathan in seinem vom Lorbeer verschatteten Zimmer und an das Sommerhaus meiner Kindheit, in dem wir jedes Jahr, sozusagen über Nacht, zur Großfamilie wurden. Wir Kinder hatten durchaus nicht das Gefühl einer erhöhten Aufmerksamkeit uns gegenüber, sondern die vergrößerte Familie bot ganz im Gegenteil ungeahnte Möglichkeiten, jener zu entschlüpfen. Der Pfarrhof mit seinen breiten dämmerigen Gängen und vielen Zimmern war unser Komplize dabei. An verregneten Sommertagen, die nie ohne Melancholie waren, als würde einem ein natürliches Glück geraubt oder vorenthalten, wagte ich mich manchmal bis zu den früheren Dienstbotenkammern unter dem Dach vor. Zwei davon lagen über dem roten Saal, eine weitere Kammer, die sogenannte Fahnenkammer, befand sich über dem Zimmer der Tanten. In gewitterigen Sommernächten, wenn sich ein Wind erhob, hörte ich hie und da ein kaum wahrnehmbares Rascheln und Wispern über meinem Kopf, ein eiliges, dann wieder von Pausen unterbrochenes Herumhuschen. Nein, es war undenklich feiner als das nächtliche Gerenne von Mäusen, es konnten nur Geisterfüße sein, bestimmt waren die toten Dienstboten zurückgekehrt. In Schweiß gebadet, weckte ich meine Mutter. Inständig bat ich sie, in die Nacht hinauszuhorchen, aber jetzt war nichts als unheimliche Stille. Meine Mutter drehte sich verschlafen zur Seite und murmelte etwas von den Lindenblütenblättern der Tanten, das sind nur die Teeblätter, sagte sie, welche die Tanten unter dem

Dach trocknen, schlaf endlich. So sehr ich mich nachts vor dem oberen Stockwerk fürchtete, so groß war seine Anziehungskraft tagsüber auf mich. Meiner Mutter wäre es nie eingefallen, die einstigen Dienstbotenkammern mit mir zu erkunden, das Vorhandensein dieser unbewohnten Zimmer beunruhigte sie keineswegs, ja, sie behauptete einmal, erst durch solche unbenützten Zimmer sei ein Haus ein richtiges Haus.

Ich saß auf der obersten Treppenstufe zu den Dachkammern und bereitete mich innerlich auf die Begegnung mit einem Gespenst vor. Nur das Geräusch des Sommerregens war zu hören. Er prasselte auf die Dahlienbeete nieder, rauschte zwischen den Johannisbeersträuchern, gurgelte in der Dachtraufe. Ich wiederholte eine Beschwörungsformel und öffnete eine der Kammern über dem roten Saal. Die Tür knarrte derart in den Angeln, daß ich zusammenfuhr. Kein auferstandenes Dienstmädchen, das auf mich wartete, hätte mich mehr erschreckt. Ein betäubend süßer Duft empfing mich. Der Bretterboden war ganz mit auseinandergefalteten Zeitungen belegt, auf denen wirklich Lindenblütenblätter trockneten. Die linke Kammerhälfte war noch frei, sie war wohl für die Pfefferminze bestimmt. Das Dachzimmerfenster, nur durch die geschlossenen Läden abgeschirmt, stand offen. Bei meinem Eintreten war Durchzug entstanden, die Lindenblütenblätter begannen sich zu regen und den Platz zu wechseln. Unten im Haus war auf einmal die laute Stimme des Sigrists zu vernehmen, darauf diejenige meines Onkels, der aus dem Studierzimmer trat. Rasch zog ich die knarrende Tür zu, schlüpfte in meiner Erleichterung behend über den Gang und öffnete gleich noch die zweite Tür, diejenige der Kammer über dem Tantenzimmer, wo die Fahnen sein mußten.

In der Fahnenkammer herrschte eine überraschende Unordnung. Einige Fahnen lagen zusammengerollt auf dem Boden, andere standen, schlaff von ihren Stangen hängend, in einer Ecke. In fiebriger Hast überflog ich alles, ich mußte damit rechnen, daß der Sigrist heraufkam, um etwas für die Sakristei zu holen. Die Fahnen erschienen mir ziemlich alt, waren verstaubt, brüchig und teilweise ausgefranst. Ein Geruch von Moder lag in der Luft. Aber da und dort blitzte zwischen den ausgebleichten Farben noch eine silberne Stickerei, eine goldene Kordel auf. Da sah ich plötzlich im Bretterboden ein kleines Loch. Wie aus weit entfernter Tiefe schimmerte durch die Öffnung etwas Weißes herauf. Eine Sekunde war ich vollkommen verwirrt. Doch dann begriff ich, es mußte eine der weißen Bettdecken im Tantenzimmer sein, man sah von der Fahnenkammer direkt auf das Bett einer Tante herab! Möglichst geräuschlos verließ ich die Fahnenkammer und versuchte, ungesehen in die unteren Stockwerke zu gelangen. Das Guckloch in der Fahnenkammer war deshalb so aufregend, weil das Tantenzimmer der bestgehütete Raum des Hauses war. Die Tanten, vor allem die jüngere, zogen die Tür stets sorgfältig hinter sich zu, was mich nur noch mehr veranlaßte, den sich schließenden Türspalt scharf im Auge zu behalten. Unter einem der Fenster stand die schwarze Nähmaschine mit dem Tretrad, in schwungvollen Buchstaben glänzte Bernina darauf, und besonders an regnerischen Sommertagen drang temperamentvolles Rattern aus dem Tantenzimmer. Die Mutter vermutete zwar, daß die Nähmaschine nur während unseres Aufenthalts heraufgezügelt wurde, damit die jüngere Tante sich ungestört ihrer Leidenschaft für die Paramenten hingeben konnte. Es gab dauernd etwas auszubessern und zu verschönern, obwohl ich fand, daß mein Onkel, der groß und sportlich war, auf den Skiern Gletscher traversierte und gewagte Gipfelklettereien unternahm, ein Kranzturner! bekräftigte sogar meine Mutter, in der Kirche im Chorrock mit den langen Spitzen nicht unbedingt eine gute Figur machte. Bei den kurzen Einblikken ins Tantenzimmer konnte ich auch feststellen, daß die Vorhänge oft halb zugezogen waren, vielleicht um die Paramenten vor grellem Sonnenlicht zu schützen oder die schneeweißen Bettdecken zu schonen. Die Tapete hatte eine reizvolle Bordüre aus üppigen Wellenranken mit geöffneten violetten Windenblüten, der Fond der Tapete war von einem verblaßten Kastanienbraun, die Rosetten darauf konnte ich nie genau erkennen, weil sich die Tür immer zu schnell schloß.

Natürlich ließ mir das Guckloch in der Fahnen-kammer, auch wenn es kleiner als der Unterteller eines Mokkatäßchens war, keine Ruhe. Und die Ansichtsmuster der Schottentapeten hatte ich auch nirgends gesehen! In einer windigen Sommernacht, als das bedrohliche Rascheln im oberen Stockwerk wieder anfing und ich mir vergeblich einredete, daß es nur die Lindenblütenblätter und nicht die zu-rückgekehrten toten Dienstboten waren, faßte ich meine Mutter so fest am Arm, daß sie erwachte. Nur die Teeblätter, ich weiß, flüsterte ich, aber wieso ist in der Fahnenkammer ein Loch im Boden? Einen Augenblick herrschte Totenstille. Darauf begann die Mutter zu lachen, drückte sich aber sofort die Decke auf den Mund, um meine Schwester nicht zu wecken. Da mir die Mutter offensichtlich nicht böse war wegen meiner Spionage, erkundigte ich mich auch gleich nach den Schottentapeten. Him-mel, wie bringt man dich zum Schlafen! seufzte die Mutter, aus irgendeinem Grund immer noch be-lustigt, wenn du mir versprichst, nie die Paramen-tenkammer der Tante zu öffnen, du weißt doch, die Paramenten sind ihr Heiligtum, erzähle ich dir die Geschichte vom Loch in der Fahnenkammer. Die Ansichtsmuster der Schottentapeten befinden sich übrigens in derselben Kammer, welche die Tante für die Aufbewahrung der alten Paramenten auswählte. Da die ganze Decke mit den Mustern verklebt ist, kann sie einigermaßen sicher sein, daß nicht durch eine Spalte Kot von Mardern oder Fledermäusen auf die weißen Altartücher und Chorröcke herunterfällt. Auch wenn diese nicht mehr im Gebrauch sind, lüftet sie die Tante regelmäßig, hängt sie um oder faltet sie neu!

Noch immer saß ich an der Themse und starrte in das braune Wasser. Die Flut ging langsam zurück. Das Widerspiel der Wellen begann, das Flirren und Kreisen, das zunehmend entschiedenere Hinabströmen, der schwindende Widerstand dagegen. Schräg gegenüber ragten hinter den schon dichtbelaubten Bäumen die vier Ecktürme des Towers empor. Bis zu Beginn des vorletzten Jahrhunderts wurden dort nicht nur Menschen gefangengehalten, sondern auch die exotischsten Tiere, Leoparden, Elefanten, Polarbären, Papageien, und nebst Westminster Abbey, den Vergnügungsgärten, der Irrenanstalt Bedlam besichtigte man auch die königliche Menagerie im Tower. Die Themse, fast öde jetzt ohne das einstige Wimmeln von Segelschiffen, Fähren und Kohleschleppern, schlug mit leisem Glucksen gegen die Ufermauer. Deutlich hörte ich wieder die Flüsterstimme meiner Mutter in jener Nacht, als sie mir erzählte, was es mit dem kleinen Loch in der Fahnenkammer auf sich hatte. Vielleicht konnte ich am Nachmittag, vom Brückengeländer herunter wie das letzte Mal, Jonathan mit der Geschichte unterhalten? Aber es kamen darin weder Frösche noch ein Aal vor, welche die Macht besessen hatten, Käufer für die Obdachlosenzeitung anzuziehen. Überhaupt, es war wohl keine Geschichte für Jonathan, sie kam aus einer zu entlegenen Welt, aber die Flüsterstimme meiner Mutter, die erneut gegen das Lachen ankämpfen mußte, kümmerte sich nicht darum. Alles, sagte sie, hatte in der Morgenfrühe jenes Sonntags im Spätherbst begonnen, als die Älplerkilbi gefeiert wurde und weithin donnernde Böllerschüsse schon um vier Uhr das ganze Dorf weckten. Nicht immer hatte man dieses Fest begehen können, während keinem der beiden Weltkriege und nicht nach verheerenden Überschwemmungen durch die Wildbäche, außerordentlich verregneten Sommern, oder wenn die Maul- und Klauenseuche ausgebrochen war. Doch jetzt verhallte rollend das Echo der Böllerschüsse, die jüngere Tante mochte nicht mehr im Bett bleiben und strich ihre schneeweiße Decke glatt. Sie ging in den noch feuchten Garten und schnitt die Asternsträuße für das Hochamt, es war besonders an diesem Tag ihr Ehrgeiz, die Altäre mit taufrischen Blumen zu schmücken. Irgendwann hörte sie mit halbem Ohr, vertieft in ihr Geschäft wie sie war, die Pfarrhoftür gehen, es war wohl der Fähnrich, der die Fahne der Älplergesellschaft unter dem Dach holte. Es war damals noch die Fahne, die vor mehreren Jahrzehnten im Frauenkloster angefertigt worden war, aus kostbarem Seidendamast, blendend weiß auf der einen Seite, blutrot auf der anderen, mit goldenen und silbernen Fäden reich bestickt. Auch die Kordeln glitzerten, im roten Grund saß der heilige Wendelin mit seinen Schafen in einem Kranz von Edelweiß, auf der Rückseite erhob Nikolaus von der Flüe mahnend seine Hand. Die Tante liebte diese Fahne besonders und fand es heute noch eine Schande, daß die säumigen Älpler damals vier Jahre zugewartet hatten, die Arbeit der ehrwürdigen Frauen zu bezahlen, auch den Zins für die verstrichenen Jahre fand sie keineswegs unklösterlich, sondern höchst in Ordnung. Inzwischen war auch der Sigrist im Garten eingetroffen, gemeinsam schafften sie die gewaltigen Asternsträuße hinüber in die Kirche. Als die Tante endlich mit von der morgendlichen Anstrengung geröteten Wangen und aufgelöstem Chignon den Pfarrhof betrat, waren die obersten Bergspitzen schon in helles Sonnenlicht getaucht. Aufatmend und befriedigt über das vollbrachte Blumenwerk, ging sie in ihr Zimmer hinauf und blieb wie angewurzelt auf der Schwelle stehen. Mitten auf ihrer weißen Bettdecke lag ein Fünfliber.

16

LOW WATER 1.89 m

Und was für ein Fünfliber! Er leuchtete wie die
Sonne und hatte mit seinem Gewicht leicht die
vorher glatte Bettdecke eingedrückt. Völlig ratlos schaute sich die Tante um, nichts wies darauf
hin, daß jemand in das Zimmer eingedrungen war.
Auch hatte es den Anschein, als wäre der Fünfliber nicht auf die Bettdecke gelegt worden, sondern
von irgendwo heruntergefallen. Die Tante blickte
zur Decke und sah entgeistert das kleine Loch. Nie
war ihr dort eine schadhafte Stelle aufgefallen! Nun
stand ihr Bett allerdings an der Wand, und die Ab-
schlußbordüre der Tapete mit den Wellenranken
und den weit offenen Windenblüten war hier, dem
ausbleichenden Sonnenlicht entzogen, in besonders
lebhaften Farben erhalten geblieben und lenkte von
jeder Deckenbetrachtung ab. Blitzschnell schloß
die Tante, daß der Fähnrich der Älplergesellschaft
sich diesen Scherz erlaubt hatte. Seit längerem hatte
er einen Blick auf sie geworfen, aber sie wußte mit
stoischem Stolz ihren ledigen Stand zu verteidigen.
Dieser Fünfliber, auf ihrer weißen Bettdecke, was
sollte das heißen? Ein Affront! Noch nach Jahren kochte die Tante vor Empörung, wenn ihr ein
Fünfliber unter die Augen kam. Das war auch der
Grund, weshalb meine Mutter über den Vorfall Be-

scheid wußte. An den Sonntagen nach der Messe, wenn sich das Eßzimmer jeweils in eine Wechselstube verwandelte, die Opferbüchsen auf dem langen Tisch geleert und von den Tanten hohe Türme von Zehnern, Zwanzigern, Fünfzigern und Fränklern aufgeschichtet und anschließend in graue, gelbe, rosa oder hellblaue Papierchen gerollt und verklebt wurden, fiel meiner Mutter auf, daß die jüngere Tante die Fünfliber, obwohl eher rar, mit ausgesprochener Verachtung strafte. Sie rührte keinen einzigen an und überließ Zählen und Einrollen völlig ihrer Schwester. An einem Sommersonntag, als wir Kinder schon unterwegs ins Seebad waren, erkundigte sich meine Mutter beiläufig bei der Tante nach ihrer Abneigung gegen die Fünfliber. Und da brach die Geschichte mit dem Loch in der Decke, wie zu lange angestaut, mit Vehemenz aus ihr heraus. Die ganze Freude an der Älplerkilbi habe ihr der Fähnrich verdorben, und zwar für immer! Dabei seien der Wildmann und das Wildweib stets ihr Vergnügen gewesen, mit ihren gereimten Sprüchen und wenn sie in bizarren Sprüngen hinter den Kindern her durchs Dorf jagten. Auch Käse würde sie ihr Lebtag lang nicht mehr essen, niemals mehr! Gab doch der Herr Pfarrer, falls er an der Älplerkilbi Ehrenprediger war und am Nachmittag auf dem Dorfplatz dafür vom Wildmann den riesigen Alpkäse in die Arme gedrückt bekam, diesem einen funkelnagelneuen Fünfliber. Diese Fünfliber, der

Käse, alles war ihr nun suspekt! Merkwürdiger-
weise verklebte die Tante aber nie das Loch in der
Zimmerdecke, vielleicht wollte sie jederzeit einen
Beweis zur Hand haben.

An ihr Käseverbot hielt sich die Tante bis ins
hohe Alter und war überzeugt, daß sie ihr langes
Leben diesem zu verdanken habe. Als sie jedoch
hundert Jahre überschritten hatte, ihre Schwester
und schließlich auch mein Onkel gestorben waren,
schien sich diese Langlebigkeit plötzlich gegen sie
zu kehren. Eines Morgens stand sie auf und rief
mit flammender Entrüstung, der Herrgott hat mich
vergessen! Zu jener Zeit aber, als meine Mutter mir
in einer Sommernacht die Umstände des Lochs
in der Fahnenkammer anvertraute, war die Tante
noch jugendlich rüstig. Auf unseren Bergwande-
rungen mit dem Onkel schritt sie immer voraus, nie
hätte sie eine Sonnenbrille aufgesetzt, und in ihrem
wadenlangen Rock, dem unter dem Chignon eingeschlagenen Kopftuch und dem Bergstock hatte
sie etwas von einer unbeugsamen Engländerin. Ihre
Arme, bestimmt auch von der Gartenarbeit, waren
braungebrannt, ganz im Gegensatz zu den weißen
weichen Armen meiner Mutter, die wahrscheinlich nach dem Empfinden der Tante sowieso zuviel
mit uns unter den schattigen Bäumen im Seebad
saß. Meiner Mutter war wohl nicht bewußt, was
sie anrichtete, als sie in jener Nacht das Wildweib

und den Wildmann erwähnte, darüber wollte ich sofort mehr wissen. Doch schon trat in der ersten Dämmerung das schwarze Harmonium deutlich aus dem Dunkel hervor, meine Schwester hatte sich mehrmals im Schlaf geregt. Ein anderes Mal, flüsterte meine Mutter. Habe ich dir eigentlich je gesagt, daß uns der Onkel zu deiner Geburt den halben Alpkäse schickte, den er an der Kilbi vom Wildmann erhalten hatte? Er war Ehrenprediger damals, und es muß eine besonders festliche Älplerkilbi gewesen sein, der Schwinger vom Ramersberg nahm daran teil, um die Jahrhundertwende hatte er den goldenen Lorbeerkranz von Paris errungen. Die Tante wird heilfroh gewesen sein, daß so fast der ganze Alpkäse endlich aus dem Haus war. Aber jetzt wird geschlafen!

17

HIGH WATER 5.51 m

Kaum merklich kehrte die Flut zurück. Ein sanftes Grün färbte auf einmal die Wellen. Der grüne Abendhimmel spiegelte sich darin! Ich mußte mich beeilen, wenn ich Jonathan an seinem Standplatz antreffen wollte. Der Schotterstreifen am Ufer wurde immer mehr vom Wasser verschluckt. Kurz vor der Treppe zur London Bridge sah ich oben Jonathans Freund, den Steeldrummer, mit dem Rücken zum Fluß auf dem Brückengeländer sitzen. Er gestikulierte mit den Armen, und obwohl ich von unten her nicht feststellen konnte, ob er sich tatsächlich mit Jonathan unterhielt, kehrte ich sofort zurück und nahm eine der Seitenstraßen, um weiter vorn wieder das Themseufer zu erreichen. Ich hatte ganz instinktiv gehandelt und fühlte einen so stechenden Schmerz dabei, daß ich über mich selbst verwirrt war. Ruhelos lief ich in den Abend hinein, immer die Themse entlang, überquerte eine Brücke, wechselte von neuem die Seite, als folgte ich den Fahrradspuren Jonathans. Die Gespräche mit ihm, ja, sie waren mir zu einem Glück geworden! Ein Glück, auf das ich völlig unvorbereitet gewesen war, das mich aber bald sicher über den Abgrund jeden Augenblicks gehen ließ. Redete ich mit Jonathan, waren auch die in der Ferne mir lieben Menschen nahe. Tat ich es längere Zeit nicht, rückten sie weiter weg. Das Getrenntsein von ihnen überkam mich dann wie eine körperliche Traurigkeit. Ungeahnte Ängste brachen auf. Aus welcher Tiefe? Das Vertrauen lebendig zu erhalten, bis zu dem Kind von einst, der jungen Frau in den Amazonaswäldern, wurde zu einer ungeheuren Anstrengung. Es ist nicht wahr, daß die Sorge immer dieselbe ist. Die wachsenden Grade der Entfernung sind real.

Bevor ich die Underground ins East End nahm, ging ich noch, wie so oft, durch St James's Park. Er war fast menschenleer, die gestreiften Liegestühle flatterten im Wind, die Weiden senkten ihr flammendes Grün in den See. Die Sonne war untergegangen. Aber erst jetzt entfalteten die weißen Narzissen ihre ganze Leuchtkraft, sie wuchsen in dichten Gruppen und ausgedehnten Wäldchen das Wasser entlang. Zwei schwarze Schwäne zogen ihre Kreise auf dem See, in der Dämmerung wirkte ihr Gefieder wie verkohlt, nur die roten Schnäbel glühten noch. Schemenhaft verschwamm vor den lodernden Abendwolken Buckingham Palace, die hohen Gartenmauern mit elektrischem Stacheldraht und Alarmanlagen bewehrt, darüberzuklettern sei, so stand es mehrfach auf kleinen Tafeln, eine kriminelle Tat. Vor ein paar Tagen hatte ich es doch nicht lassen können, Jonathan von meinen stundenlangen Streifzügen durch die Parks zu erzählen, von den immer noch verschwenderisch blau blühenden Bäumen, blau! Hätte ich eine Gletschertraversierung beschrieben, wäre Jonathans Gesichtsausdruck wahrscheinlich auch nicht verständnisvoller gewesen. Doch plötzlich sagte er, eher sachlich als spöttisch, nützen Sie es noch aus, Ende Juni, wenn die erste Hitze kommt, überziehen pünktlich mit den Touristenströmen dicke Algenteppiche die jetzt so klaren Seen in den Parks!

Jonathan fragte nie nach meiner Arbeit in dieser Stadt. Was hätte ich schon antworten können? Allem fern sein, um allem nah zu sein. Und beides, Ferne und Nähe, noch lange nicht durchdringend genug. Als ich in Whitechapel aus der Underground stieg, waren laute Putzwagen mit Wasserwerfern unterwegs. Die nackten Eisengerüste der Marktstände ragten wie Galgen in den Himmel. An der Fassade meines Nachbarhauses waren die Lichtgirlanden angezündet und verbreiteten Festglanz über den ärmlichen Wohnblock. Ob die Braut dort wartete?

18

HIGH WATER 5.78 m

Ich mußte bald wieder zur London Bridge. Jonathan hatte mich wohl schon in der Brückenmitte gesehen, er winkte bei meinem Näherkommen lebhaft mit der Obdachlosenzeitung. Die neue Nummer, es ist etwas über den Vulkan darin, sogar auf der Titelseite! Er machte nicht die geringste Bemerkung über mein längeres Ausbleiben und streckte mir die Zeitung entgegen. Das Titelbild war so sonderbar, daß es mir ein unbestimmtes Grauen einflößte. In der Ferne zog undeutlich, wie ein riesiges pelziges Tier, die Aschewolke vorüber, im Vordergrund aber erhoben sich aufrecht, nur leicht seitwärts geneigt, unzählige vereiste Gebilde, die menschlichen Skeletten glichen. Erst nach einigen Augenblicken begriff ich, daß es sich bei den bräunlichen Eisgestalten um Gräser handelte, die nach dem Vorbeifluten der vom Vulkan ausgestoßenen Schlammströme in der Kälte erstarrt waren. Auf der Innenseite der Zeitung befand sich ein weiteres Bild. Nach dem Ausbruch der gewaltigen Lavafontänen waren Teile des Gletschers, der den Eyjafjallajökull bedeckte, geschmolzen und stürzten zu Tal, Tausende von kleinen Eisbergen in der schon von früheren Gletscherläufen wüstenartig versehrten Landschaft hinterlassend. Da fröstelt es einen ja! rief ich aus. Jonathan, der in der Frühlingswärme die Ärmel seiner schwarzen Lederjacke zurückgekrempelt hatte, lachte, und ich bekomme unbändig Lust auf ein Eis! Erinnern Sie sich, wann Sie Ihr erstes Eis gegessen haben?

Ohne meine Antwort abzuwarten, begann Jonathan zu erzählen, wie seine Großmutter an warmen Sonntagnachmittagen mit ihm die Küste entlang von Newlyn bis ins nächste Fischerdorf gewandert war, wo es unten am kleinen Hafen das beste Eis von ganz Cornwall gab, zwar nur drei Sorten, Vanille, Erdbeer, Mokka. Doch phantastisch rah-

mig! Man war nicht nur erfrischt, sondern genährt für den restlichen Tag. Der Hafen mit den
Fischerbooten war von zwei Molen wie Ringmau-
ern umschlossen, in dem Hafenbecken planschten
immer die Kinder herum, und ihre Spiele schienen Jonathan noch wilder und gewagter als die
der Kinderbanden von Newlyn. Am Hafen war
die Haltestelle für die Busse nach Penzance, dort
sind an einem Junitag während des Krieges, sagte
die Großmutter, auch die Kinder aus London angekommen, völlig erschöpft von der langen Reise,
an die hundert Kinder aus einer Schule im East
End, die in dieses Fischerdorf am Ende Englands
evakuiert wurden. Alle trugen ein Namensschild-
chen, das betonte die Großmutter besonders, und
hatten eine Gasmaske und einen kleinen Koffer bei
sich. Es war für die Fischerfamilien, in denen die
Evakuierten untergebracht wurden, mindestens so
aufregend wie für diese Londoner Kinder, von denen die meisten noch nie das Meer gesehen hatten.
Dafür verbreiteten sie den Geruch der Großstadt,
sie sprachen mit einem ungewohnten Akzent, einige trugen Brillen, die Knaben immer eine Mütze,
alles war höchst merkwürdig. Die Großmutter, damals selbst ein Mädchen und wegen ihrer irischen
Familie etwas fremd in Penzance, ging an jedem
freien Nachmittag hinüber in das Fischerdorf, um
die neuesten Geschichten von den Kindern aus
dem East End zu hören, von denen Jonathan noch

viele Jahre später vor dem Einschlafen nicht genug bekommen konnte.

Jonathan mußte mir meine wachsende Aufmerksamkeit vom Gesicht abgelesen haben. Mehr davon beim nächsten Mal, sagte er, bündelte seine Zeitungen und warf sich komisch übertrieben in Verkäuferpose, und Ihr erstes Eis? Er hielt die Titelseite mit den zu Eisskeletten erstarrten Gräsern in Augenhöhe der Passanten und sah mich dahinter auffordernd an. Es kann ihn unmöglich interessieren, dachte ich, es liegt so weit zurück, und da ich immer noch schwieg, flackerte plötzlich eine Unruhe in Jonathans Blick, als hätten wir einander vorhin während des Redens gehalten und wären nun in Gefahr, uns loszulassen. Es war in unserem Sommerhaus, beim Onkel, begann ich etwas zögernd, Sie wissen, der fast meterlange gefangene Aal? Der Eimer, auf dem die Tante sitzen mußte, bis er tot war? Ein Mann mit Krawatte und Aktenmappe kaufte eine Obdachlosenzeitung. Es waren Eiskugeln, die schon nah am Zerlaufen waren, wenn sie bei uns ankamen! rief ich nun unverzüglich aus, bedrohlich nah! Und mit einer lustvollen Hast, als könnten mir sonst die Eiskugeln wieder wegschmelzen, bevor ich Jonathan ihren Auftritt in unserem Sommerhaus geschildert hätte, begann ich, von den ausgedehnten sonntäglichen Essen im Pfarrhof zu erzählen. War der Tag besonders warm, stand der Onkel auf einmal vom Tisch auf und verschwand für ein kurzes Telefonat in seinem Studierzimmer, darauf trat nach dem letzten Gang eine erwartungsvolle Pause ein. Bald würde es stürmisch an der Haustür klingeln, das vermuteten wir schon, und ich schloß heimlich mit mir eine Wette ab, wie viele der weißen Margeritenblüten auf der blauen Bordüre der Eßzimmertapete ich bis dahin zählen konnte. Diese weißen Margeriten zogen sich oben an der Wand um das ganze lichtdurchflutete Eckzimmer. Die Wandfelder selbst, von einem stark verblichenen Ockergelb, wiesen nur gleichmäßig verteilte stilisierte Palmetten auf. Die Margeriten genau zu zählen, war gar nicht so einfach. Sie steckten in einem grünen Blattwulst, der von einer blauen Stoffdraperie umschlungen wurde, welche die Margeritenblüten teilweise verdeckte, die Draperie wirkte weich und samtartig, sie war mit Fransen behangen wie ein Theatervorhang. Manchmal mußte ich wieder von vorn zu zählen beginnen, bis das geradezu alarmmäßige Klingeln ertönte. Und schon im nächsten Augenblick erschien der Ausläufer des Peterhofs auf der Schwelle des Eßzimmers mit einer Platte voller Eiskugeln, die hin und her glitten. Der Ausläufer war hochrot im Gesicht und keuchte, das Hotel Peterhof lag nur wenige Minuten unterhalb des Pfarrhofs, aber es war eine beträchtliche Steigung, und der Ausläufer mußte förmlich heraufgaloppiert sein. Da stand er nun, wirklich wie auf einer Bühne, und die Figuren seines Schauspiels waren kleine, in den zartesten Pastellfarben schimmernde Gebilde, die zusehends ihre Form verloren. Plötzlich war mir, als schmelze auch unser Sommerhaus auf der Platte dahin, entsprachen nicht die Farben der Eiskugeln den verschiedenen Zimmern? Das Erdbeereis war unser roter Saal, das Waldzimmer wurde durch das Pistazieneis dargestellt, Vanille repräsentierte das Eßzimmer, Mokka das Tantenzimmer, doch wo war das blaue Kabinett? Vielleicht war ihm das Brombeereis gemäß, aber zu nächtlicher Stunde, jetzt war heller Mittag. Der Onkel beschwor uns zuzugreifen, ehe die ganze Herrlichkeit ineinanderfloß, und mit einem Gemisch aus Mitleid und Furcht betrachtete ich die vor unseren Augen unaufhaltsam vergehende Welt.

Jonathan hatte eine weitere Zeitung verkauft. Ich aber saß immer noch in dem Eßzimmer mit den vielen Fenstern und der Margeritenbordüre, an einem heißen Augusttag, ohne eine Platte mit zerlaufenden Eiskugeln, wir hatten uns eben erst am Tisch niedergesetzt, pünktlich zum Sendezeichen von Radio Beromünster. Kaum ertönte die Stimme hinter dem Lautsprecherstoff, hörten alle Erwachsenen auf zu essen. Es war die Zeit, da man als Kind nicht in Fernsehbildern, sondern in den Gesichtern der Zuhörer einer Radionachricht den

Schrecken las. Etwas Unfaßbares mußte geschehen sein. Meine Mutter hatte größte Mühe, die wirren Fragen von uns Kindern zu unterdrücken, da der Vater kein Wort verpassen durfte. Eine Mauer, mitten durch Berlin! In der Nacht seien die Verkehrsverbindungen unterbrochen, im Morgengrauen Zäune, Stacheldrahthindernisse und Betonsperren errichtet, Hauseingänge und Fenster zugemauert worden. Sowjetische Truppen im Osten stünden in Kampfbereitschaft. An eine Fortsetzung des Mittagessens war kaum mehr zu denken. Alle lauschten der Radiostimme, den Reaktionen aus anderen Ländern, den Kommentaren vor Ort, unterbrochen von Störgeräuschen, schon würden die Menschen mit Stühlen zu der stündlich wachsenden Mauer eilen, auf Autos und Masten hinaufklettern, um verzweifelt ihren abgeschnittenen Verwandten zu winken! Draußen im Garten rührte sich nichts, glutrot leuchteten die Johannisbeeren in der Mittagshitze, am Himmel keine einzige Wolke. Doch konnte jeden Augenblick jemand kommen und die Fenster, den Hauseingang zumauern? Immer wieder fiel das Wort, das sich bleischwer auf mich legte, der Eiserne Vorhang. Ich schaute hinauf zu den weißen Margeriten an der Wand, die einen ewigen Sommertag vorgaukelten, umschlungen von dem weich gefälteten blauen Samtvorhang, während mitten durch die Welt ein knatterndes Rasseln ging wie von einer Falltür, der Eiserne Vorhang, welcher die schrecklichsten und geliebtesten Menschen voneinander trennte.

Erst jetzt nahm ich wahr, daß Jonathan am Boden kauerte und aus einer Tüte Pommes frites klaubte. Er streckte mir die Tüte, die voller Fettflecken war, entgegen. Wahrscheinlich war er erst kurz vor dem Mauerfall geboren, überlegte ich flüchtig und fragte vorsichtig, erinnern Sie sich an den Eisernen Vorhang? Jonathan schwenkte nachdenklich die Tüte hin und her. Wir hatten unsere eigenen Vorhänge hier, grinste er, die sind übrigens immer noch da. Und plötzlich wedelte er mit der Tüte wild durch die Luft, spüren Sie sie nicht? Das war vielleicht auch ein Grund, warum meine Großmutter so gern auf Friedhöfe ging. Unter der Erde und auf dem Meeresgrund sind alle gleich, sagte sie, Unterklasse, Oberklasse, Iren, Engländer, Fremde, Eingesessene. Auf dem Friedhof von Penzance wohnten wir sozusagen. Er war unser Garten, ganze Nachmittage verbrachten wir darin, Sie können sich diesen Friedhof nicht tropisch genug vorstellen! Agaven, viel höher, als ich damals war, mit diesen langen dickfleischigen Blättern, deren Rand dornig gezähnt ist, bevölkern eine ganze Ecke des Friedhofs. Palmen wachsen dort, Tamarisken, üppig überhängende Akazien, am liebsten aber saß meine Großmutter mit ihrem Nähkasten im Schatten der alten Steineichen. Diesen Nähkasten trug sie immer mit sich herum wie einen kleinen Koffer, er rechtfertigte ihre übermäßigen Aufenthalte auf dem Friedhof, obwohl sie meist gar nicht nähte. Er war aus Holz, grün angestrichen, mit einem schwarzen Griff und fünf Laden, die zu beeindruckender Breite ausgefahren werden konnten. Es ist meine Werkzeugkiste! rief die Großmutter warnend, wenn ich begann, den Deckel der obersten Lade aufzuklappen. Aber in dem Nähkasten herrschte sowieso das reine Chaos. Entweder stellte meine Großmutter nie eine Ordnung her, oder das Durcheinander stammte von meinen letzten Expeditionen darin. Daß sie wahrscheinlich aufgehört hatte zu nähen und sich zunehmend vernachlässigte, fehlende Knöpfe nicht ersetzte, herunterhängende Säume ausfransen ließ, das will man als Kind nicht wahrhaben, oder? Und auch ich dachte durchaus nicht an Flicken und Ausbessern, wenn ich den Nähkasten untersuchte, sondern sah in ihm eine Fundgrube kleiner Marterwerkzeuge. Diese Häkelnadeln, Gummilitzen, Stecknadelkissen! Sie erhitzten meine Phantasie. Ich sann ja heimlich stets auf Rache an den Jungen von Pencanze, die mir Leuchtkrake nachriefen. Die Knopflochschere beispielsweise, mit dem verstellbaren Schräubchen, eine richtige Daumenschraube! Das Maßband, ideal zum Fesseln oder Strangulieren. Die Schweißblätter, um den Mund zu stopfen, die Strumpfkugel zum Bewußtlosschlagen, die Druckknöpfe in verschiedenen Größen, nun ja. Mit der Schneiderkreide würde ich das Opfer am Schluß geheimnisvoll beschriften. Den Fingerhut aber wollte ich einmal dem Jungen schenken, der bei Sonne und Regen immer in denselben schwarzen Gummistiefeln herumlief und nie lachte, wenn die anderen Knaben schrien, Leuchtkrake, verkriech dich in dein Loch! und um mich herumsprangen und mit den Armen die fließenden Bewegungen einer Krake nachahmten. Über den Fingerhut war ein kleiner Behälter in Form eines Leuchtturms gestülpt, weiß angemalt, die Spitze rot, Blinkfeuer darstellend, in winzigen Buchstaben stand Galway darauf, ob ihn meine Großmutter vermissen würde?

Jonathan aß die letzten Pommes frites aus seiner Tüte und strich sich die Finger an der Lederjacke ab. Doch eines Tages wurden meine Rachepläne überflüssig! Er lachte, wie über einen eben gelungenen Streich. Jeden Juni stehen im Hafen von Pencanze die Bahnen und Buden der Corpus Christi Fair. Für uns Jungen waren natürlich die Autoscooter am interessantesten, schon am Abend zuvor warteten sie, in Reih und Glied, mit Planen zugedeckt, wie eine vermummte Verbrecherbande. Einmal aber wurde eine Geisterbahn aufgestellt, die noch nie nach Pencanze gekommen war, sie hieß die Eiserne Jungfrau, ziemlich furchterregend.

Man mußte eine Tribüne betreten, ein dunkler Eingang führte in das Innere der Geisterbahn und ein ebenso dunkler Ausgang wieder ins Freie, dieser spuckte von Zeit zu Zeit sich vor Grauen schüttelnde Jungen und hysterisch kreischende oder schluchzende Mädchen aus. Auf einer Estrade über der Tribüne waren die zu erwartenden Horrorszenen angedeutet, ein Krokodil mit aufgerissenem Maul, grinsende Skelette, überdimensionierte Fledermäuse, gähnende Haifischrachen, vor allem aber die Eiserne Jungfrau selbst. Aufrecht stand sie in einem geöffneten Sarg, den Deckel ganz mit riesigen Nägeln gespickt, ihr breiter Mund war grell geschminkt, und da am Hafen von Pencanze immer ein Wind geht, flatterte ihr weißer Unterrock entsetzlich lebendig. Ich stand mit meiner Großmutter etwas abseits der Menge. Leuchtkrake, höhnten die Jungen und drehten sich nach mir um, willst du nicht die Eiserne Jungfrau umarmen?! Die Großmutter drückte meine Hand und ließ sie sogleich wieder los. Ja! flüsterte sie wie ein Befehl zu mir, du bist eine Leuchtkrake, und was für eine! Nichts kann dir Angst machen. Wenn man dich reizt, läufst du feuerrot an, deine Warzen wachsen, alle deine Saugnäpfe leuchten, mit deinen vielen Armen umklammerst du blitzschnell jeden Angreifer und erwürgst ihn! Ich erinnere mich noch genau an die Stille, die eintrat, als ich langsam die Tribüne hochging und ohne eine Miene zu verziehen im dunklen

Eingang verschwand. Im Innern der Geisterbahn schloß ich fest die Augen und stellte mir tatsächlich vor, wie meine Warzen immer größer wurden und ich mit meinen Saugnäpfen auf den Armen ein abschreckendes Leuchten verbreitete. Weder durch klappernde Skelette, über mein Gesicht streifende Fledermausflügel, piksende Nägel noch zupakkende Haifischzähne ließ ich mich beirren. Endlich wurde ich an den Ausgang katapultiert, und dort trat ich seelenruhig auf die Tribüne und schwenkte ganz so, wie meine Quälgeister es mir immer vormachten, einer Krake ähnlich die Arme, nur sehr majestätisch und triumphierend. Jonathan stockte einen Augenblick. Und dann brach Beifall aus, frenetischer Beifall! Nie sind mir, als ich später mit meiner Großmutter nach Hause ging, die verlassenen Gassen von Penzance mit den zweistöckigen Häuserzeilen, welche schnurgerade zum Meer hinunterführen und mich sonst oft mit unbestimmter Traurigkeit erfüllten, schöner erschienen als während jener Corpus Christi Fair.

Jonathan schwieg. Saßen wir hier wirklich auf der London Bridge? Ich sah öde Straßen, die zum Meer abfielen, den herunterhängenden Rocksaum einer alten Frau und hörte Palmen rascheln in einem Friedhof voller Agaven. Vorsichtig warf ich einen Blick auf Jonathans aufragende Warzen. Ich rollte langsam meine Obdachlosenzeitung zusam-

men. Kommen Sie übermorgen am Abend, fragte
Jonathan, auf die Brücke bei der Station Embankment? Mein Freund, der Steeldrummer, hat ein
neues Stück, er macht mich völlig verrückt damit!
Ich nickte. Ein paar Stunden danach brannten am
Nachbarhaus im East End schon die Lichtgirlanden.

19

LOW WATER 1.20 m

Schwere Wolken jagten seit dem Morgen so schnell
dahin, daß sie kaum Zeit hatten, es regnen zu lassen. Als ich aus dem Haus trat, riß der Himmel auf,
und der nasse Asphalt glänzte. Die Straße war unbefahren, ohne mich umzuwenden, wollte ich fort-
eilen. Da sah ich die wartende Kutsche, mit zwei
vorgespannten Schimmeln, weiße Federbüsche auf
dem Kopf, der Kutscher auf dem Bock in feierli-
chem Schwarz. Ich blickte zurück und entdeckte
den weißvioletten Baldachin, der über den letzten
Eingang des Nachbarblocks gespannt war. Nichts
regte sich, nicht einmal die Pferde scharrten. Aus
der Kutsche war eine blonde Engländerin gestiegen, sie trug eine Art Frack mit Zylinder und eingeklemmt unter dem Arm ein schwarzes Buch, sie
mußte von der Stadtverwaltung unseres Bezirks

sein. Unauffällig lehnte ich mich an eine Haustür. Auf den Balkonen bemerkte ich nun Nachbarn, die hinunterschauten. Auch das Mädchen in den ungleichen Ringelsocken stand am Geländer und stützte das Kinn auf beide Fäuste. Ein kurzer Regenschauer fegte über die Straße, aber schon war sie wieder in Helligkeit getaucht. Jetzt zerrissen laute Trommelwirbel die Stille. Aus dem offenen Wohnungseingang unter dem Baldachin traten zwei Männer mit Turbanen und bearbeiteten in schnellem Rhythmus ihre Trommeln, die mit farbigen Zotteln geschmückt waren. Und hinter ihnen formierte sich eine prunkvolle Szene. Die Braut erschien, ganz in Rot, Gold und Silber. Ihr Nasenring, der Halsschmuck, die vielen Armreife blitzten. Das Brautkleid mit Schleppe war tiefrot und verschwenderisch mit Perlen bestickt, auch der Blumenstrauß blutrot. Das Gesicht der Braut, die mir zart und sehr jung vorkam, zeigte kein einziges Lächeln, nur unendlichen Ernst. Sie war von lauter Frauen umringt, in indisch anmutenden Gewändern, welche in allen Rottönen bis hin zu Violett schillerten, eine von ihnen drapierte eben noch etwas an zwei kleinen Mädchen herum, die allerdings eher wie für einen westlichen Ball ausstaffiert waren. Die Schimmel hatten gleich beim Einsetzen der Trommelwirbel nervös zu tänzeln begonnen, doch als sich nun der Brautzug, angeführt von den Trommlern, Richtung Kutsche in Bewegung

setzte, warfen sie sich plötzlich mit großer Wildheit herum, schlugen mit den Hufen völlig außer
sich auf den Asphalt, und es gelang dem Kutscher
keineswegs, sie am Davongaloppieren zu hindern.
Kutsche und Pferde verschwanden um die nächste Straßenecke. Die Trommler hielten betreten
inne, besprachen sich und stellten schließlich die
Trommeln auf das Trottoir nieder. Die Braut sagte
auch jetzt kein Wort, sie blickte nur lange die ältere
Frau an, welche sie am Arm führte, während die
Brautbegleiterin sich nach einer der roten Nelken
bückte, die aus dem Strauß gefallen war, wobei ihr
die ganze Fülle ihrer langen schwarzen Haare, die
von Öl glänzten, über die Schulter fiel. Nun aber
übernahm plötzlich ein junger Mann im weißen
Hemd und mit einer großen Kamera das Kom-
mando. Die Verzögerung schien ihm ganz gelegen
zu kommen. Der Brautzug mußte erneut der Kutsche entgegengehen, die zwar noch nicht wieder-
aufgetaucht war, er rief ununterbrochen laute ha-
stige Anweisungen, dabei verfolgte er in geduckter
Haltung die Braut, hielt aber die Kamera stets nur
knapp über dem Boden. Er hatte lediglich die von
Perlen glitzernde Schleppe im Visier, die feierlich
über das schmutzige Trottoir schleifte. Endlich ertönte ein Schrei, das Mädchen in den Ringelsocken
hatte vom Balkon aus die zurückkehrende Kutsche
entdeckt. Schon kletterte die blonde Engländerin
vom Bock hinunter und hielt den Wagenschlag

offen. Die Braut und ihre Begleiterinnen nahmen darin Platz, die übrige Verwandtschaft setzte sich rasch in ihre Autos, und die Kolonne, mit der Kutsche an der Spitze, entfernte sich, ohne zu hupen, beinahe geräuschlos im windigen Morgen.

Ich wollte in die Straße zum kleinen Square einbiegen, als sich wenige Schritte neben mir ebenfalls eine Gestalt von einer Haustür löste. Es war der Bazarbesitzer. Er war mindestens so überrascht wie ich. Doch stärker noch als Überraschung glaubte ich in seinem Gesicht einen anderen Ausdruck wahrzunehmen, den zu verbergen er gar keine Zeit mehr fand, was ihm sonst in Anwesenheit seiner Kunden im Laden so oft gelang. War es Sehnsucht, war es Traurigkeit? Was für ein schöner Brautzug! sagte ich, wie um etwas Tröstliches festzustellen. Aber da konnte er seine sichtlich schmerzliche Bewegung nicht mehr bändigen. Schon zum zweiten Mal, sagte er, bin ich letzten Sommer nach Bangladesch gereist, um eine Braut zu finden! Es mußte eine erfolglose Suche gewesen sein, denn er schüttelte den Kopf. Er wünsche sich ein Mädchen aus Bangladesch, fuhr er fort, nicht eines aus ihrer Gemeinschaft in London, gewiß sei das Leben dort härter, aber diese Hochzeit, obwohl er ja selbst kein Hindu sei, habe ihn wieder daran erinnert, wie sehr sein eigener Glaube ihm in der Heimat heiterer und sanfter erscheine als hier. Die Frauen würden sich viel unbekümmerter und fast nachlässig verschleiern, immer sei noch irgendeine Haarsträhne sichtbar, und sie hätten ihre geliebten Heiligen, die in der hiesigen Moschee niemand mehr erwähne, und so manches im Alltag sei großzügiger. Wenn er dort seine Verwandten besuche, würde keine der Frauen selbst im Hausinnern verschleiert herumsitzen oder aus dem Zimmer flüchten, nur weil er ein Mann sei, was ihm neuerdings in London öfters passiere. Letzten Sommer in Bangladesch glaubte er, endlich ein Mädchen gefunden zu haben. Aber ist es nicht seltsam, sagte er, und nun blickte er mich forschend an, daß dann alles daran scheitert, daß man nicht miteinander sprechen kann? Diese junge Frau und ich, wir hatten uns einfach nichts zu erzählen.

Das Mädchen in den Ringelsocken stand immer noch, gedankenverloren den Kopf auf einen Arm gelegt, am Balkongeländer des Nachbarhauses. Eine schwarze Wolke entlud jetzt heftige Schauer. Der Bazarbesitzer trat in den Schutz des Hauseingangs zurück, ich verabschiedete mich und überquerte den kleinen Square. An der geschlossenen Tür des Bazars klebte ein Zettel mit der Aufschrift, Bin gleich zurück. Aus der Bäckerei drang der Duft von Rosinen und Zimt. Die Auslage war leer.

20

LOW WATER 1.18 m

Das große Zifferblatt von Big Ben leuchtete schon in der Dunkelheit, als ich mich der Station Embankment näherte. Wie ein Schrein, der die dunklen lang ausschwingenden Glockentöne für die Ewigkeit aufbewahrt, war die filigrane Turmgalerie über der Uhr von innen her smaragdgrün erhellt. Ich beeilte mich keineswegs. Noch vor der Brücke hoffte ich, die quirlig eiligen Rhythmen des Steeldrummers zu hören, aber nicht das geringste davon drang durch den brausenden Verkehr. Langsam stieg ich die Treppe hoch, nur Tangomusik schallte nun aus einem Boot, das festverankert am Uferquai der Themse lag, geschmückt mit leicht schaukelnden Lampions. Ich vermutete den Steeldrummer wie immer auf der Mitte der Brücke und hätte die beiden, ihn und Jonathan, beinahe übersehen. Sie saßen am Anfang des Fußgängertrassees, etwas außerhalb des Scheinwerferlichts, Jonathans Freund hatte die Trommel bei sich, aber er rührte sie nicht an, die Kapuze seines schwarzen Pullovers über den Kopf gezogen. Jonathan schnitt eine undeutliche Grimasse, als er mich erblickte, und hob warnend die Hand. Wortlos schob er mir seinen Zeitungspacken zum Sitzen hin. Nach einer Weile schaute ich Jonathan fragend an. Er hat seine

Schlegel aus Wut in die Themse geworfen, sagte er leise, er ist so aufgebracht! Darauf schwieg Jonathan. Die Passanten strömten von einem Brückenende zum andern, viele mit Bierflaschen, sie lachten, schrien, andere eilten stumm vorüber. Jonathan stieß seinen Freund mit dem Ellbogen an und sagte etwas zu ihm, das ich nicht verstand. Er ist mindestens so verzweifelt wie wütend, wandte er sich an mich, sie haben gestern in der Nacht den kleinen Perückenladen seiner Schwester angezündet! Gott, wie das gerochen haben muß, verbranntes Haar riecht abscheulich. Wer denn, fragte ich, wer? Das ist es ja, rief Jonathan, was mein Freund nicht begreifen kann, es muß eine dieser Banden gewesen sein, die in Hackney immer wieder Geschäfte demolieren, sie hätten doch wissen müssen, daß der Perückenladen seiner Schwester gehört! Aber seit neuestem kämen die Banden auch aus anderen Stadtteilen, schlugen Scheiben ein, plünderten, warfen Molotowcocktails und verschwanden blitzartig wieder auf ihren Fahrrädern. Warum nur merkten sie nicht, daß es der Laden seiner Schwester war? Wie kann man den eigenen Leuten so etwas antun!

Jonathan hatte erst vor kurzem mitgeholfen, den Perückenladen einzurichten. Die Schwester seines Freundes lebte schon seit fünf Jahren in London, sie hatte sich alles an Essen und Kleidern abgespart, dazu noch eine Menge Geld geliehen, um dieses Geschäft zu eröffnen, das winzig war und in dem man sich überhaupt nur bewegen konnte, weil es eine dreieckige Form hatte wie ein Gurkensandwich. Jonathan und sein Freund hatten die Wände in einem Blau gestrichen, das sehr edel wirkte, und da die Schwester etwas klein war und die teuersten Perücken auf den obersten Regalen plazieren wollte, kletterten sie mit den Kopfbüsten im Arm die Leiter hinauf, während die Schwester sie von unten dirigierte. Sie waren bis weit über Mitternacht damit beschäftigt, verschiedene Variationen wurden ausprobiert. Einmal stellten sie die Kopfbüsten so, daß sie frontal den Kunden entgegenblickten, dann wieder drehten sie einige zur Seite, so daß man eine vorteilhafte Profilansicht hatte, schließlich kehrten sie sämtliche Köpfe zur Wand. Die Perücken kamen so eindeutig am besten zur Geltung, eine wahre Haarpracht floß da von den Regalen herunter. Es wurden ja meistens lange, nur leicht gewellte Haare verlangt, krause sozusagen nie, höchstens in Blond oder Henna. Als Jonathan und sein Freund endlich mit dem Herumschieben der Perückenköpfe, dem letzten Kämmen und Auflockern der Haare fertig waren, hatten sie den Einfall, die Regale von unten her mit zwei Taschenlampen zu beleuchten, aber das sah dann doch eher unheimlich aus. Und jetzt war alles versengt und verbrannt. Die Bande hatte sogar die Perückenköpfe von den Regalen heruntergeschmissen und war auf ihnen herumgetrampelt.

Jonathans Freund saß weiterhin unbeweglich da, die Kapuze seines schwarzen Pullovers tief über die Stirn gezogen. Ich hätte mich wohl auch vor seinem Blick gefürchtet. Und merkwürdig, so wie mir damals in jener ersten lauen Frühlingsnacht, als er während seines ausgelassenen Spiels lachend den Kopf zurückgeworfen hatte und von seiner oberen Zahnreihe nur noch der verbliebene Eckzahn aufblitzte, plötzlich meine schwarze Katze vor Augen gestanden war, mußte ich auch jetzt an den Kater denken. Wenn er Schmerzen hatte, wagte ich kaum noch, ihn zu berühren. Seine großen dunklen Augen, sonst so voller Intensität der Zuwendung, doch stets auch höchster Wachsamkeit, als wüßte er in jedem Augenblick um die abgründige Bosheit der Menschen, waren dann nur halb geöffnet. Als sähe er mich nicht mehr. Der Ausdruck seiner Augen war unendlich streng, abweisend, ganz in sich verschlossen. Und eine schreckliche Stille ging von ihm aus. Wie ähnlich sind Menschen und Tiere einander im Schmerz. Auch Jonathan sagte kein Wort mehr. Dann fuhr ich an einem knallenden Scheppern, das von jaulenden Tönen begleitet war, zusammen. Jonathans Freund hatte mit einem rabiaten Fußtritt seine Trommel in die Mitte des Trassees geschleudert.

21

HIGH WATER 6.68 m

Etwas würgte mich im Traum. Und ich, mit meiner entsetzlichen Angst vor Erbrechen, spürte einen Klumpen Haare im Hals, einen riesigen in sich verknäuelten Klumpen, der sich nicht löste, ich konnte würgen und drücken, wie ich wollte. Erstaunt sah ich mich von einem Bein aufs andere treten, doch meine Füße waren lange gekrümmte Krallen, auch war mein Kopf so nah über der Erde! Ich schüttelte mich, kniff die Augen zusammen und riß den Schnabel auf, denn ich war eine Schleiereule geworden, und endlich entlud sich das ganze Gewölle aus meinem Hals. Es war aber kein aus Knochen, Fell und Federn verklumpter Ball, wie ihn die Schleiereulen ausstoßen, sondern nur ein zäher Fladen Haare, der jetzt vor mir auf dem Boden lag, worauf ich erwachte. Der Haarfladen hatte Form und Aussehen der Haare gehabt, die ich bei den ägyptischen Mumien im Britischen Museum gesehen hatte. Sie lagen in einer Glasvitrine, ausgebreitet auf einer Platte, durchsetzt von undefinierbaren Gebilden wie Knorpeln, Steinen, Aststücken, aber es waren unverkennbar menschliche Haare, lange verfilzte schwarze Haare, die grauenhaft lebendig wirkten. Wie auf einer Eßplatte angerichtet, boten sie sich dem Besucher dar. Sie waren über dreitausend Jahre alt, aus der Zeit des Neuen Reiches, wahrscheinlich aus Theben und für die Ausstattung einer Mumie gedacht, da die Ägypter in jener Zeit dazu übergingen, die Mumien nicht mehr in aufwendig bemalte Kartonagen zu stecken, sondern ihnen nur eine Kopfmaske mit Perücke aus menschlichen Haaren, einen Halskragen und Mumienschuhe anzuziehen. Sorgsam belüftet und beleuchtet lagen diese Haare aus dem alten Ägypten in der Glasvitrine, während in Hackney zwei Polizisten mit einem weißen Klebeband eine Abschrankung um einen demolierten Laden errichteten, einen kleinen Perückenladen in Form eines Gurkensandwichs, und die verbrannten Haarbüsten zu einem Müllhaufen zusammenkehrten.

Tagelang wagte ich mich nicht auf die London Bridge. Ich stieg in die Underground hinab und fuhr von einer Station zur anderen, ohne je den Zug zu wechseln. Eine längere Strecke fiel der Lichtstrom aus, es war mir nur recht, dann hörten die Tunnel auf, unter dem weiten Frühlingshimmel glitt nun die Bahn dahin. Bei der Endstation stieg ich hinein in einen Bus und bald wieder hinaus, denn auf einmal war da wilde Natur, Heidekraut, Farn und vereinzelte alte Bäume. Es mußte der einstige Jagdpark jenes Königs sein, der lange vor der Französischen Revolution an einem eisigen Januarmorgen auf dem Schafott hingerichtet worden war. Jetzt war der Park freies Wiesland, voller Stauden und Gestrüpp. Ich lief immerzu quer über das Gras. Bombastisch aufgetürmte Wolkengebirge flohen mir voraus, woher nur wurden sie fortgetrieben, vom Meer? Eine undurchdringlich scheinende Waldinsel mitten im Heideland zog mich an. Aber nichts wies auf die blutrote Herzkammer hin, die mich dort erwartete. Die Sonne war hinter einer Wolkenbank verschwunden, das Licht gedämpft, als ich in die grüne Wildnis eintrat. Hörbar murmelte und plätscherte irgendwo ein kleiner Kanal, und schimmerte da nicht etwas Rotes? Und darüber gestaffelt Violett, Lachsrosa, Karmin, die Bäume lichteten sich, in vielfältigstem Purpur neigte sich eine überbordende Fülle von Azaleensträuchern in einen Teich. Tiefrot leuchtete ihr Widerschein im Wasser auf, ein so unirdisches Rot, als wäre es das immer noch frische Blut der vor Jahrhunderten getöteten Hirsche im königlichen Jagdpark. Oder schwamm die rote Braut meiner Nachbarsfamilie, das Gesicht zum Teichgrund gekehrt, im Wasser? In fast unmerklich sich ausbreitenden Wellenkreisen, flüssiges Karmin geworden, zerfaserte ihr prunkvolles Hochzeitsgewand. Wie still war es hier. Nur die kleinen Kanäle, die schmale Korridore durch das blühende Azaleendickicht brachen, glucksten manchmal. Spricht denn sonst das Sonnenlicht mit einer Stimme zu uns? Ein betörendes Geheimnis, verborgen in der

Waldwildnis, wuchsen diese Azaleensträucher, und von ihrer opaken Glut, von keinem einzigen Lichttupfer moduliert, ging ein ungeheures Schweigen aus. Aber es war diese Stummheit, in ihrer unfaßbar verschwenderischen Pracht, die mich entwaffnete. Und ebenso lautlos, doch überklar, brach das Geständnis meiner Freude aus mir heraus. Sie hatte einen Namen. Jonathan.

Ob das Geständnis der Freude genügt? Längst hatte ich die Azaleenkammer des Waldes hinter mir gelassen und lief über das freie Heideland zurück. Jede Fülle des Lebens fordert uns heraus und will unsere Antwort. Und manchmal ist es vielleicht nur die Erkenntnis, die Erkenntnis der vorbehaltlosen Freude. Eine Freude, ohne Fürchten noch Hoffen auf Erwiderung, nichts ist festzuhalten und nichts zu verlieren, nur der zeitlose Augenblick der Freude ist da, zu bejahen mit jedem Atemzug. Welch leichtsinniges Glück! Man muß sehr jung dazu sein, oder schon nahe dem Gegenteil. Inzwischen war ich am Ende des einstigen Jagdparks angelangt. Vor einer kleinen Gastwirtschaft war unter Bäumen ein Tisch gedeckt. Ein altes Paar saß dort. Die Frau schlug gerade mit ihrem Stock lachend gegen die Schulter des Mannes, ich fühlte mich auf einmal hungrig und fragte, ob noch Platz bei ihnen sei.

Aus der Wirtschaft trat eine Kellnerin und sagte, sie hätten heute einen Fisch im Angebot, und da ich den Namen nicht verstand und sie wohl zweifelnd anschaute, beteuerte sie, er sei ausgezeichnet, nicht oft würden sie diesen Fisch zubereiten, und heute sei er besonders zart. Die alte Frau am Tisch zog mich bald in eine lebhafte Unterhaltung hinein. Sie wollte wissen, woher ich kam, wo ich wohnte, was ich arbeitete, und nach fünf Minuten fing sie mit genau denselben Fragen von vorne an. Meine Frau ist ganz und gar vergeßlich, rief der Mann, verzeihen Sie! worauf ihm seine Frau fröhlich einen Schlag mit ihrem Stock versetzte. Meine Frau schlägt mich grün und blau mit ihrem Stock, sagte der alte Mann heiter, aber vielleicht hilft es doch, wenn ich sie darauf hinweise, daß sie sich wiederholt? Die Frau war altmodisch gekleidet, das graue Haar aber in eine akkurate Dauerwelle gelegt, im Gesicht erschien sie fast rosig, und sie zeigte eine unverdrossene Neugier. Liebevoll griff sie, sofern sie nicht gerade munter mit dem Stock auf ihren Mann losschlug, nach seiner Hand auf dem Tisch. Wissen Sie, sagte sie zu mir, ich bin in einer ganz ländlichen Gegend Englands aufgewachsen, nur Hügel und Schafe, nie mehr könnte ich dort leben! Sie liebt London, sagte der alte Mann, über fünfzig Jahre wohnen wir nun schon in der Stadt, mitten im größten Lärm, aber kaum sind wir einen Tag hier draußen unter den Bäumen, will sie sofort zurück! Seine Frau wollte mich gerade wieder fragen, woher ich komme, als mein Fisch serviert wurde.

Ratlos starrte ich auf den Teller. Hatte man mir den Flügel eines Riesenvogels gebraten? Ich stocherte ein wenig mit der Gabel darin herum, es handelte sich durchaus um helles Fischfleisch, wirklich sehr zart, aber es lappte über den ganzen Teller, irgendwie erschreckte mich das. Aß ich eine gewaltige Brustflosse mit strahlenartigen Gräten? Das alte Ehepaar mußte meine Unschlüssigkeit bemerkt haben, es nickte mir aufmunternd zu, genießen Sie die Mahlzeit! Als ich diese beendet hatte, erkundigte ich mich bei dem Mann nun doch näher nach dem Fisch, blieb allerdings trotz seiner umständlichen Beschreibung begriffsstutzig wie zuvor. Da ließ seine Frau mit einem Knall ihren Stock unter den Tisch fallen, winkelte beide Arme wie zu Flossen an, verzog ihr Gesicht zu einem hämischen Grinsen und wandte sich mir so provozierend zu. Mir fiel es wie Schuppen von den Augen. Ich hatte einen Rochen gegessen! Ausgerechnet einen Rochen. Kurz nach meiner Ankunft in London, noch bevor ich Jonathan traf, war ich bei den Fischständen hinter der Southwark Cathedral einem Rochen begegnet. Ich hatte das aufwühlende Gefühl, zum ersten Mal in diesem Land blicke mich jemand an. Lange, unverwandt und unausweichlich. Aber mit welchem Ausdruck, welchem Hohnlachen! Der

Rochen, an einem Haken aufgehängt, schwebte mit seinem stark abgeplatteten Körper und den übermäßig entwickelten Brustflossen, die schon am Hinterkopf beginnen, wie eine menschliche Gestalt über den Fischbergen. Perlmutterweiß schimmerte seine Unterseite. Über dem breiten Mund, verzogen wie zu einem spöttischen Grinsen, wirkten die beiden Nasenlöcher, die sich bei manchen Rochen auf der Unterseite befinden, wie Augen. So sprechende, herausfordernde Augen! Abrupt erhob ich mich vom Tisch unter den Bäumen. Übelkeit streifte mich. Die alte Frau schwang schon wieder übermütig ihren Stock. Ich spürte ein Würgen im Hals, wie in meinem morgendlichen Traum, als ich eine Schleiereule gewesen war. Noch bevor ich aus dem Schatten des jungen Laubs heraustrat, fiel mir der ausgebrannte Perückenladen wieder ein. Doch da war eine Geschichte, die ich Jonathan erzählen wollte!

22

LOW WATER 0.55 m

Wenn es dunkel wurde und die Themse wie ein vom Alter gewellter Teppich düster dalag, näherte ich mich oft der Embankment Underground

Station. Nichts anderes als die eiligen Rhythmen der Steeldrum wollte ich wieder hören. Aber ich wartete vergebens in der Nähe der Brücke. Nur der stündlich anwachsende Lärm einer Londoner Nacht schlug über meinem Kopf zusammen. Ich lief das Wasser entlang, rascher, langsamer als der Fluß, entfernt von mir zeichnete sich undeutlich einer der verschlungenen Delphinkandelaber aus schwarzer Bronze ab. Gebannt folgte ich ihm. Nach und nach verebbten alle Geräusche. Noch blaß traten die Sterne hervor, und vor mir wandelte, versunken in sein Brevier, mein Onkel in seiner schwarzen Soutane. Das Abendessen lag hinter uns, alle Beschäftigungen im Pfarrhof ruhten. Meine Eltern, die in den Sommerferien oft wieder das Verhalten von jungen Verlobten annahmen, waren zu einem Spaziergang ins Dorf aufgebrochen, während ich mich in der Dämmerung wie ein Magnet an meinen Onkel heftete. Er liebte es, sich dem letzten Stundengebet des Tages, der Komplet, unter freiem Himmel zuzuwenden. Kaum hörte ich die hintere Pfarrhoftür, die durch den Garten zur Kirche führte, ins Schloß fallen, folgte ich unauffällig meinem Onkel, der schon den Friedhof betreten hatte, welcher sich mit seinen Toten wie ein schützender Wall von allen Seiten her um die Barockkirche mit ihren zwei Türmen legte. Mein Onkel nahm seinen mäandrischen Gang zwischen den Gräbern auf, wobei er mehrmals die Kirche umrundete. Ich blieb in gebührendem Abstand hinter ihm, ohne ihn je aus den Augen zu verlieren. Das Schwierigste war, kein Geräusch auf den Kieswegen zu verursachen. Im übrigen folgte ich ihm ziemlich sorglos nach, derart vertieft erschien mir der Onkel in sein Brevier, aus dem die Zeichenbänder in allen Farben heraushingen und das von den vielen Totenbildchen ganz aufgequollen war. Allerdings verlangsamte er manchmal, vor allem am Anfang, den Schritt, hielt inne und sah in die hereinbrechende Dunkelheit hinaus, und ich mußte mich mimetisch seinem Rhythmus anpassen. Ob er an seine Kranken dachte, an die Sterbenden, von denen er oft nicht zum Essen heimkehrte, an so manchen Kummer, der ihm zugetragen wurde? Ich blickte dann ebenfalls von meinem Brevier, bei dem es sich allerdings nur um das ledereingebundene Adreßbüchlein meiner Mutter handelte, zum Nachthimmel auf, blieb aber immer, wie ein kleines Boot, im Kielwasser meines Onkels. Eines Abends, als ich schon lesen konnte, lag auf der Kommode beim hinteren Gartenausgang ein Brevier, in das bei der Komplet ein dunkelblaues Zeichenband eingelegt war. Einen kurzen Augenblick fühlte ich mich ertappt und bekam ganz heiße Wangen. Hatte der Onkel meine verstohlenen Gänge hinter ihm her längst bemerkt? Dann jedoch ergriff ich ohne Zögern das Brevier und wandelte, jetzt legitim ausgerüstet, wie immer hinter meinem Onkel durch die Dämmerung. Je mehr wir die schon verschlossene Kirche umrundeten, desto beständiger, wie von einer unhörbaren Musik getragen, wurde der Schritt meines Onkels. Auch wußte er den Hymnus der Komplet bestimmt auswendig, während ich, natürlich auch des Dämmerlichts wegen, mich etwas mühsam durch fremde Sätze tastete, schon wirft die Erde sich zur Nacht des dunklen Mantels Falten um, darauf wiederkehrend, in deinem Frieden ruht sich's gut, mein Leib wird wohnen in Sicherheit, denn du gibst mich nicht der Unterwelt preis. Und, auf einmal wie ein Rauschen über mir die Wendung, mit seinen Flügeln beschirmt dich der Herr, du brauchst dich nicht zu fürchten vor dem Schrecken der Nacht. Unendlich weit wölbte sich der dunkelnde Himmel über uns, die verschlossene Kirche war nur noch ein Schatten auf dieser Welt. Nichts mehr zählte, weder Verzweiflung noch Sünde, weder Verbote noch Gericht, nur dieses unmittelbare göttliche Zwiegespräch in der Stille der Nacht. Und so schwer verständlich mir auch einzelne Sätze waren, so empfand ich doch seltsam durchdringend das Versöhnende und Tröstende in ihnen, den Freispruch von allem Trennenden zwischen Himmel und Erde. Allmählich konnte ich die Buchstaben nicht mehr entziffern. Auch mein Onkel schloß sein Brevier. Aber noch einmal zog er, ohne sich nach mir umzuwenden, eine Mäanderlinie über den nächtlichen Friedhof, und ich, unbeirrt, in seiner Spur.

23

HIGH WATER 6.45 m

Eines Morgens wäre ich am Ende der London Bridge beinahe über Jonathans Zeitungspacken gestolpert. Ich hatte ihn von weitem im Menschengewimmel nicht entdecken können und war etwas abwesend. Jonathan mußte den Zeitungspacken schnell mit dem Fuß zwischen die Fußgänger geschoben haben und lachte, als ich ihn erst jetzt wahrnahm. Gibt es Neues über den Vulkan? rief ich aufgeregt, um meine Freude zu verbergen, und bündelte eilig die auseinandergefallenen Zeitungen wieder aufeinander. Immer noch dieselbe Ausgabe, sagte Jonathan in einem gespielt trockenen Ton. Ich setzte mich auf das Brückengeländer. Und der Perückenladen, fragte ich, die Schwester Ihres Freundes? Jonathan zuckte die Achseln. Wir haben nichts mehr von ihr gehört, sie ist abgetaucht, aber wir wollen sie bei Verwandten in Brixton suchen. Mein Freund hat einen neuen Job, er muß in unserem Hinterhof die aufgehängte Wäsche bewachen, die dauernd von irgend jemandem angezün-

142

det wird. Wir können es kaum einmal verhindern, man hat ja nicht dauernd seine Wäsche im Kopf, aber plötzlich ist der Hinterhof voller Rauch, und einige Leintücher brennen schon lichterloh! Jonathan ordnete etwas in seinem Zeitungspacken. Sein rotblondes Haar schimmerte in der Morgensonne, daß ich Angst bekam. In seinen Bewegungen, seiner ganzen Haltung lag wieder diese gereizte Hoffnungslosigkeit. Fieberhaft suchte ich in meinen Gedanken. Wollte ich Jonathan nicht eine Geschichte erzählen? Die Schleiereulen!

Erinnern Sie sich, fragte ich Jonathan, wie ich an einem Regentag in die einstigen Dienstbotenkammern unseres Sommerhauses hinaufgeschlichen war und, bevor ich Zeit hatte, mich gründlich in der Fahnenkammer umzusehen, die laute Stimme des Sigrists unten im Haus ertönte? Ich habe Ihnen noch gar nicht gesagt, was er denn so Bemerkenswertes zu berichten hatte! Jonathan sah mich verdutzt an und runzelte die Augenbrauen. Wortlos hockte er sich auf seine Zeitungen. Jetzt legte er auch noch die Stirn in Falten, tat er es angestrengt oder amüsiert? Und ich, ebenso vertieft wie zerstreut am Doppelhaus unserer Erinnerungen bauend, wußte auf einmal nicht mehr, ob ich Jonathan gegenüber die raschelnden Teeblätter, die Kammer mit den verblichenen Fahnen, das Tantenzimmer überhaupt erwähnt hatte. Durch das Vertrautsein miteinander war in meinem Kopf ein labyrinthisches Durcheinander entstanden. Mir war sogar, als hätte ich mit Jonathan zusammen das Waldzimmer meines Vaters betreten, in das die Bäume immer wilder hineinwuchsen. Wir würden einander im Dickicht verlieren! Blindlings mußte ich jeden Tag einen neuen Verbindungsweg wählen. Und wer mich dabei lenkte, plötzlich ahnte ich es, das waren die Tiere. Die Frösche, der Aal, die Schleiereulen, älter als die Menschen, sie waren meine Vermittler auf den Irrgängen zwischen mir und Jonathan.

So schilderte ich unverzüglich genauer, ohne weiter auf Jonathans Gesichtsausdruck zu achten, was den Sigrist an jenem sommerlichen Regentag so in Unruhe versetzt hatte. Nun schon zum dritten Mal, teilte er meinem Onkel mit, hatte er beim Schließen der Kirche am frühen Abend ein lautes Schnarchen auf dem Friedhof gehört. Ein Landstreicher, vermutete er zuerst, oder ein Betrunkener, der hinter einem Grabstein seinen Rausch ausschlief, doch er suchte vergeblich alle Grabreihen ab, hob sogar die Zweige der Sträucher auf, er konnte den Trunkenbold nicht entdecken. Der Sigrist lief mehrmals um die ganze Kirche, aber das Schnarchen kam eindeutig von der Seite des Nordturms her. In der Nähe des Südturms, des Glockenturms, hatte sich der Betrunkene wohl kaum verkrochen, er wäre durch das Läuten geweckt worden, er mußte beim Nordturm liegen. Da war es wieder, das schnarrende laute Schnarchen, manchmal wie von einem heiseren Fauchen unterbrochen. Der Sigrist suchte, rief und fluchte, er fühlte sich auf groteske Weise genarrt, und ob nicht der Herr Pfarrer in seiner sonntäglichen Predigt dazu ermahnen könnte, Räusche daheim im Bett und nicht auf dem Friedhof auszuschlafen! Inzwischen war ich von meinen Erkundungen in den einstigen Dienstbotenkammern unbemerkt auf die unterste Treppe gelangt, und es kam mir sehr gelegen, daß der Sigrist mit seiner Empörung die Aufmerksamkeit von mir ablenkte. Ich setzte mich auf eine Stufe und schaute gespannt auf meinen Onkel. Er wirkte völlig unbeeindruckt, ja, sogar erheitert. Ich kenne den Betrunkenen, sagte er zum Sigrist, er ist ziemlich harmlos, wir statten ihm gleich einen Besuch ab. Und unvermittelt, zu mir auf der Treppenstufe gerichtet, die Kleine darf mitkommen!

Der Sigrist machte ein bedenkliches Gesicht. Die Lautstärke des Schnarchens schien ihm nicht unbedingt auf ein Subjekt hinzuweisen, das sich für Kinderbesuch eignete. Aber mein Onkel hatte schon die hintere Gartentür geöffnet und schritt zielstrebig der Kirche zu. Kurz vor dem Nordturm nahm er mich bei der Hand, und zum verwunderten Sigrist sagte er, jetzt besteigen wir den Turm. Im Innern kletterten wir, von einem Zwischenboden zum andern, Treppe um Treppe hoch. Der Sigrist schnaufte schon hörbar, bis unter die kupferne Zwiebelhaube des Dachs konnte es nicht mehr weit sein. Der Onkel bedeutete uns, mit Reden aufzuhören. Als wir vorsichtig durch den obersten Zwischenboden auftauchten, wurden wir von den unerwartetsten Bewohnern des Turms empfangen. Zwei riesige Vögel saßen auf einem Dachsparren nebeneinander und richteten sich bei unserem Anblick hoch auf. Wir hatten sie offensichtlich geweckt. Noch schläfrig blinzelten sie zu uns herunter, zeigten aber keine Angst, sie begannen nur, sich leise auf den Beinen, die mit stark gekrümmten Krallen bewehrt waren, hin und her zu wiegen. Doch was für ein wunderliches Gesicht sie hatten! Herzförmig und von schimmerndem Weiß. Der Sigrist schüttelte ein übers andere Mal den Kopf, das also waren seine betrunkenen Schnarcher, Schleiereulen! flüsterte er zu meinem Onkel, wie lange wohnen die denn schon hier?

Es entging mir nicht, daß Jonathan mich mit gesteigertem Interesse anschaute. Wie sagten Sie, unterbrach er mich, welche Tiere sind das, diese Vögel mit dem Gesicht wie ein weißes Herz? Ein solcher Vogel war auf das Kissen gestickt, an das ich mich immer in der kalten Kirche lehnte, die mitten in einem dieser Friedhöfe über dem Meer steht, welche meine Großmutter oft mit mir aufsuchte. Ein gesticktes Kissen! rief ich meinerseits elektrisiert, wie kommt das in eine Kirche? Jene feuchte Kirche ist voll von Kissen, sagte Jonathan, jede der alten Holzbänke ist damit belegt. Es sind alles etwas steife rechteckige Kissen zum Anlehnen, bestickt mit Schiffen, Vögeln, Fischen, Ankern. Meine Großmutter liebte diese kleine Kirche besonders, weil sie ihr so gottverlassen erschien in dem verwahrlosten Friedhof, wo die steinernen Radkreuze ganz grün sind von Moos und Flechten, fast wie in Irland, sagte die Großmutter jedes Mal, nur daß sie dort hoch aufragen wie Menschen, so daß man bei Nebel denkt, die zurückgekommenen Toten hätten sich versammelt. Aber das Kissen, warf ich ungeduldig ein, das Kissen mit der Schleiereule? Es leuchtete geradezu im dämmerigen Kircheninnern, sagte Jonathan, denn das herzförmige Gesicht und die Brust waren weiß auf dunkelblauen Grund gestickt. Es muß ein Nachtvogel sein, mutmaßte die Großmutter, sie wußte alles über Fische, aber wenig über Vögel. Kennen Sie diese Eulen? Jedenfalls lehnte ich mich immer an das Kissen mit diesem Vogel, der mir mit großen Augen so zutraulich entgegenblickte. Die Großmutter hingegen schob das Kissen in ihrem Rücken stets vollständig zur Seite und begnügte sich neben mir mit der bloßen rauhen Holzbank. Auf ihr Kissen war, im Profil, die Queen gestickt, zum Gedenken an ihr Silberjubiläum. Noch heute rätsle ich, sagte Jonathan, ob sie es aus Respekt wegschob oder aus mangelnder Loyalität? Ich weiß nicht, fuhr er fort, wie lange wir oft so im Halbdunkel schweigend beieinandersaßen. Aus der Tiefe war manchmal bis zu uns herauf die Brandung zu hören, ich war froh, wenn das Meer wütende Wellen warf, dann hörte ich den Atem der Großmutter nicht mehr. Eines Tages in jener kleinen feuchten Kirche nahm ich das erste Mal wahr, wie mühsam ihr Atem ging, fast keuchend, nein, das wollte ich nicht hören, niemals wollte ich das wahrhaben! Warum erinnern Sie mich überhaupt daran?!

Bestürzt blickte ich Jonathan an, dessen Stimme heftig und aggressiv geworden war. Aus seinen grauen Augen traf mich, kurz, doch unmißverständlich, etwas Drohendes. Die scharf begrenzte Linie seines Feuermals wirkte so rot und geschwollen, als könnte die Entstellung jeden Augenblick, wie bei einem Dammbruch, überschwappen auf die unversehrte Gesichtshälfte. Vor Jonathan hielt ein älterer Herr in einem auffällig karierten Anzug, er wollte offensichtlich eine Zeitung kaufen. Jonathan rührte sich nicht, und ich sprang vom Brückengeländer herunter, wie wenn ich für die Zeitungen zuständig wäre.

LOW WATER 1.41 m

Aufgewühlt von einer beißenden Traurigkeit, lief ich ziellos die Themse entlang. Mehrmals entkam ich nur knapp der Kollision mit einem Fahrrad. Wie gern hätte ich Jonathan weiter über die Schleiereulen berichtet und ihm so das Tier in seinem Rücken damals, leuchtend gestickt auf nachtblauen Grund, noch wärmer und lebendiger gemacht. Aber ich mußte an ein Unglück in seinem Leben gerührt haben, das keine Zeit gemildert hatte, das erratisch und wild in ihm fortdauerte, frisch wie am ersten Tag. Vielleicht wäre es Jonathan unerträglich gewesen, wenn ich von dem seidenweichen Gefieder der Schleiereulen erzählt hätte? Ich durfte es damals im Turm nicht betasten, nur von meinem Onkel ließen sich die Tiere ab und zu berühren, wenn er sie besuchte. Unvorstellbar weich sei das weiße Gefieder der Unterseite, dennoch knistere es beim Streicheln, sagte der Onkel, und ob ich die zarten schwarzen Tupfer darauf sehen könne? Dank dieses weichen Federkleids würden die Schleiereulen vollkommen lautlos fliegen und schweben, nur zu Beginn der nächtlichen Jagd höre man manchmal ihr heiseres Kreischen. Das Deckgefieder war aschfarben, mit hellen Sprenkeln, aber am meisten erstaunte es den Sigrist und mich, wie weit sie das herzförmige Schleiergesicht drehen konnten, sie schauten über ihren eigenen Rücken hinweg! Dazu machten sie auch noch komische Grimassen, doch als vom Südturm her die Glocke schlug, schien sie das Dröhnen nicht im geringsten zu stören. Auf dem Zwischenboden lag überall das ausgestoßene Gewölle. Daran könne man sogar erkennen, was sie gefressen hatten, sagte der Onkel, meistens Mäuse, aber auch Frösche, Wiesel, Vögel. Im Winter würden sie oft neben sich einen ganzen Vorrat von Mäusen anlegen, die sie mit dem spitzen Schnabel erdolcht hatten, um in finsteren und stürmischen Nächten keinen Hunger zu leiden. Ich war erleichtert, daß es Sommer war und ich nicht einen solchen Mäuseberg mit ansehen mußte. Das alles hätte ich Jonathan erzählen wollen und wie mein Onkel betonte, daß die Schleiereulen kleine Weltbürger seien, überall beheimatet, doch sehr gefährdet. Aber in einem nachtblauen Kissen, bestickt mit einem Vogel, irgendwo in einer feuchten Kirche über dem Meer, war schon alles Wissen über Himmel und Hölle auf dieser Erde versammelt, kompakt und namenlos.

LOW WATER 0.62 m

Wie viele Tage schon hatte ich Jonathan nicht mehr gesehen? Immer später kehrte ich durch das nächtliche East End heim. Nie jedoch fühlte ich mich geborgener, als wenn mir nach Mitternacht Bengalen mit eingeschlafenen Kindern im Arm von ihren abendlichen Verwandtenbesuchen entgegenkamen. Und ich hatte Nachrichten vom Amazonas erhalten, von einer langen holprigen Busfahrt auf eine Anhöhe, um von dort aus einen feuerspeienden Vulkan zu sehen. Oben angekommen, war alles von undurchdringlichem Nebel verschluckt worden, nicht ein einziger Lavafunken drang durch die Nebelmassen. Doch es sei fast noch beeindruckender gewesen, den Vulkan so nahe zu wissen, ohne das geringste von ihm zu erkennen. Dabei seien sie weiter unten, in der Tiefe des Regenwalds, durchaus an Spuren des Vulkans gewöhnt. Die aufgehängte Wäsche fänden sie oft bedeckt mit Asche vor, einer Asche, die Sand gleiche oder dünnsten Feilspänen, aus der Entfernung könne man sogar meinen, ein feiner Pelz habe sich über die Wäsche gelegt. Bei der einheimischen Familie sei sie gut aufgehoben, das kleinere Mädchen halte zwar als Haustier eine handgroße Spinne, und Kakerlaken und die grünen Heuschrecken seien unendlich viel größer als bei uns. Überhaupt bewege sich im Regenwald alles unaufhörlich, in der Nacht würden die unsichtbaren Tiere einen geradezu ohrenbetäubenden Krach veranstalten, wie fühle man sich da selbst als Eindringling! Immer noch sah ich die junge Frau, das Kind von einst, vor dem Abflug auf die andere Seite der Welt winken, unablässig winken, und hinter der Paßkontrolle verschwinden.

Gestern abend spielte sich vor dem kleinen Laden der Zwillinge, die trotz der Wärme dieser letzten Maitage unverdrossen ihren Nadelstreifenanzug und die karierte Baskenmütze trugen, eine laute Szene ab. Es war nach Ladenschluß. Auf der Straßenseite gegenüber hatte sich eine Gruppe junger Pakistani versammelt, die sich miteinander unterhielten und hin und wieder auflachten. Es erschien mir eher unwahrscheinlich, daß sie etwas im Laden entwendet hatten, aber einer der Zwillinge fing an, immer aufgebrachter die Gruppe zu beschimpfen. Schließlich überquerte er, in eigenartig spastischen Sprüngen, die Straße und ging auf einen der Jungen los, der etwas größer als die andern war, glänzend gelocktes Haar und blitzend weiße Zähne hatte, und versuchte ihn zu packen. Der Junge entwischte ihm behend, der Zwilling mit seinen verkrampften Sprüngen hinter ihm her, verfluchte Pakis! schrie er. Der Junge lachte und hüpfte im Kreis herum, die grotesken Sprünge des Alten imitierend, nur viel eleganter. Das versetzte diesen erst recht in Wut, verdammte Pakis! brüllte er nun unaufhörlich, sackte jedoch bei seinen spastischen Hüpfern immer tiefer in die Knie, bis ihm der andere Zwilling, der bis anhin wie versteinert zugeschaut hatte, in die Arme fiel. Jetzt aber steigerten sich die beiden Brüder in ein erbittertes Handgemenge hinein, und während die jungen Pakistani flink um die nächste Hausecke flüchteten, verkrallte sich das Brüderpaar immer mehr ineinander. Beiden war die karierte Baskenmütze längst vom Kopf geflogen, nur die weißen Nadelstreifen ihrer abgetragenen dunklen Anzüge leuchteten gespenstisch in der Dämmerung. Allmählich schienen sie zu ermatten, befreiten sich aber keineswegs aus ihrer Umklammerung. Schließlich verharrten sie, eng umschlungen, wie in einer unauflöslichen Erstarrung. Ich stand verborgen hinter einem Baum und konnte den Blick nicht von ihnen abwenden, in ihren Nadelstreifenanzügen glichen sie dem mumifizierten Falkenpaar im Britischen Museum, das mit Leinenstreifen so umwickelt war, daß sich ein strenges geometrisches Muster ergab. Diese zwei Falken hatte man im alten Ägypten einfach zusammen einbandagiert, nachdem man zuvor den Vögeln den Bauch aufgeschnitten, die Innereien herausgeholt und die Falkenleichname während Tagen mit trockenem Natron überhäuft hatte, bis man sie schließlich mit Sägemehl ausstopfte und wieder zunähte. War das Falkenpaar im Leben derart unzertrennlich gewesen, daß man sie später auf so unentrinnbare Weise als Mumie miteinander vereinigte? Die alten Zwillinge standen immer noch, bewegungslos in ihrer erschöpften Umarmung, auf der nun menschenleeren Straße, zwei gefallene Falken eines untergegangenen Reichs.

26

HIGH WATER 6.67 m

Und schon war der erste Junitag! Ich mußte dringend Jonathan wiedersehen. Bereits beim Aufstehen beschäftigte mich der Gedanke, mit welchem unverfänglichen Gesprächsstoff ich unser gegenseitiges Erzählen wieder in Fluß bringen könnte. Ich war so sehr in diese Überlegungen vertieft, daß ich sogar vergaß, beim Überqueren des kleinen Squares wie sonst jeden Morgen den Bazarbesitzer hinter seinem Schaufenster zu grüßen. Er versäumte es nicht, mich am nächsten Tag vorwurfsvoll darauf aufmerksam zu machen. Er habe mit einem Pfundstück mehrmals gegen die Scheibe geklopft, aber nichts, nicht das kleinste Zeichen einer Erwiderung von mir! Dafür war mir beim Betreten der London Bridge klar, wonach ich Jonathan fragen wollte.

Hatte er mir nicht vor kurzem versprochen, mehr von den Kindern aus dem East End zu berichten, die während des Krieges in jenes Fischerdorf am Ende Englands evakuiert worden waren und mit deren Geschichten seine Großmutter ihn vor dem Einschlafen in Atem gehalten hatte?

Jonathan, bei meinem Näherkommen sichtlich von widersprüchlichen Gefühlen erfaßt, setzte sich in stummer Verlegenheit auf seinen Zeitungspacken, den Platz, den er so oft mir zugewiesen hatte. Ich schwang mich unbeeindruckt aufs Brückengeländer und erwähnte ganz belanglos die immer wärmeren Tage und wie recht er hatte mit den Seen in den Parks. Schon jetzt tauchen die grünen Algenteppiche an die Oberfläche! rief ich. Es wird mir noch verleiden, sagte ich, abends durch den St James's Park nach Hause zu gehen. Vor zwei Tagen sah ich an einer bestimmten Stelle des Sees, wo die Algen bereits besonders undurchdringlich wachsen, eine kleine Ente in dem grünen Brei fast ersticken. Sie versuchte senkrecht unterzutauchen, aber dabei blieb sie vollends in dem schleimigen Gewächs hängen, sie schnappte verzweifelt nach Luft und schlug mit den von Algen verschmierten Flügeln. Ich würde so gern an die Küste fahren! Wie war das nur damals während des Krieges in jenem Fischerdorf für die evakuierten Kinder aus dem East End, auf einmal Tag für Tag am Meer zu sein? Jonathan schaute mich an, als hätte ich ihm ein Ankerseil zugeworfen. Sie wußten ja nicht einmal, was die Gezeiten sind, sagte er, zuerst noch langsam, doch sofort lebhafter werdend, keine Ahnung hatten sie von Ebbe und Flut des Meers! Das war in der Tat nicht ungefährlich, denn dauernd trieben sich diese Kinder im Hafen herum und rannten ins Wasser hinein, wo sie nur konnten. Überhaupt, so die Großmutter, war das Herumgerenne der fremden Kinder, die Gassen des Fischerdorfs hinauf und hinunter und auf den ringförmigen Molen hin und her, fast das Auffälligste an ihnen, sie kannten ja in London kaum mehr als die engen Hinterhöfe ihrer Wohnblocks. Sie mußten von der unbekannten Freiheit wie berauscht sein! Aber das Merkwürdigste an den Kindern aus dem East End soll der komische Akzent gewesen sein. Sie hatten diese kleinen schneidenden Stimmen, wenn sie einander riefen, wie aufgeregte Spatzen, und am Anfang verstanden die Jungen und Mädchen des Fischerdorfs kaum ein Wort.

Seine Zeitungen, auf denen er hockte, hatte Jonathan vergessen. Er kam richtig in Fahrt. Und ich ließ nicht locker mit Einwürfen und Fragen, als wäre ich in die Rolle Jonathans als Kind geschlüpft und läge schlaflos in dem vom Lorbeer verdunkelten Zimmer in Penzance. Der Großmutter war am ersten Tag unter den Londoner Kindern ein Mädchen in einem königsblauen Matrosenkleid aufgefallen, das eine modische Ponyfrisur hatte und Gillian hieß, was sich die Großmutter gleich merkte, die Kinder hatten ja diese unverständlichen Nachnamen, weil alle aus derselben jüdischen Schule im East End kamen. Während sich die Jungen ihre Bandenkriege und Platzkämpfe lieferten, waren die Mädchen rascher miteinander vertraut. Gillians Ponyfrisur wurde in der feuchten Meerluft bald kraus und zersaust, das königsblaue Matrosenkleid war in kurzer Zeit lädiert, aber sie besaß noch eine Sommerjacke, welche die Großmutter ebenfalls bewunderte, von weißer Farbe und Kragen und Knöpfe mit schwarzem Samt eingefaßt. Gillian hatte drei kleinere Schwestern, der Vater war Schneider, die Mutter half bei den Näharbeiten, sie lebten in Bethnal Green, alle brachten die Nächte im selben Raum zu, ohne Badezimmer. Die meisten der Evakuierten kamen aus kinderreichen Familien und waren es gewohnt, zu zweit oder zu dritt in einem Bett zu liegen, nicht selten des einen Füße beim Kopf des anderen. Deswegen muß auch die Verteilung der Kinder aus dem East End an ihre Pflegeeltern im Fischerdorf dramatisch gewesen sein! Es waren viele Geschwister darunter, die auf keinen Fall getrennt werden wollten und sich in der Schulhalle, wo die Verteilung stattfand, trotz der Erschöpfung von der langen Reise mit aller Kraft aneinanderklammerten, während die Einzelkinder über den

Scones mit Erdbeermarmelade, die zum Willkomm angeboten wurden, einfach einschliefen. Auch Gillian war mit zwei ihrer kleineren Schwestern angekommen, aber welche Fischerfamilie konnte schon drei Kinder aufnehmen? Alle evakuierten Kinder erzählten später, wie schrecklich das endlose Warten bei der Verteilung gewesen sei und daß man sie zuallerletzt ausgewählt habe! Schließlich nahm ein Fischer Gillian und eines ihrer Schwesterchen zu sich, Gillian schwor, er habe dabei vor sich hingebrummt, ich wollte eigentlich einen Jungen, aber die sind schon alle weg. Das verzieh ihm Gillian nie. Noch in der ersten Nacht, nachdem sie das Haus des Fischers betreten hatten und sein alter schwarzer Hund sie mit glühenden Augen anstarrte und so laut knurrte, daß man es mit dem Grollen des Meers hätte verwechseln können, murmelte Gillian eine Verwünschung in Richtung des Hundes, einen jener derben Flüche, die sie aus den Hinterhöfen des East End nur zu gut kannte. Zum Trotz ließ sie dem Fischer keine Ruhe, bis er ihr das Flicken der Fischernetze zeigte, und war darin bald weit geschickter als die Jungen. An einem späten Sommernachmittag jedoch, als die Kinder immer noch in dem ziemlich trüben Hafenbecken herumplanschten und sich heftige Wasserschlachten lieferten, tauchte plötzlich der alte schwarze Hund des Fischers am Rand der Hafenmauer auf. Sonst döste er meist den ganzen Tag vor sich hin, die Schnauze zwischen den Pfoten, oder trottete mißmutig ein paar Schritte hinter dem Fischer her. Nun aber war er allein. Er beschnupperte die Fischernetze, die schön geordnet über das Geländer hingen, jetzt hatte er auch schon das Netz entdeckt, das Gillian eben geflickt hatte, belustigt beobachtete sie ihn, denn die beiden waren längst Freunde geworden. Und in der Tat schien das von Gillian ausgebesserte Netz den Hund in einen Begeisterungstaumel zu versetzen. Zwischen hohen Freudensprüngen biß und zerrte er an dem Netz, er verhedderte sich zusehends, und als er sich schon aussichtslos mit den Pfoten in den Netzmaschen verfangen hatte, drehte er sich mit Schwung um sich selbst, riß dabei noch weitere Netze mit und veranstaltete den größten Wirrwarr. Inzwischen waren Dorfbewohner herbeigeeilt und versuchten, die Netze zu retten. Der Hund aber rannte mit nie an ihm bemerkter Energie samt dem riesigen Netzknäuel auf der Hafenmauer hin und her und sprang, als sich ihm jemand in den Weg stellte, kurzerhand hinunter ins Hafenbecken. Mehr als einmal schilderte Gillian der Großmutter, wie damals, bevor der Hund unten von den aufschreienden Kindern empfangen wurde, ein unvorstellbarer Moment der Stille eintrat. Denn der Hund fiel nicht einfach hinunter. Sei es, daß er sich mit solcher Vehemenz abgestoßen hatte, oder daß die mitgeschleiften Netze sich zwar nicht gerade wie ein Fallschirm öffneten, aber doch von der Luft aufgebläht wurden und seinen Sturz verzögerten, er flog! Den Kindern im Hafenbekken gelang es keineswegs, den Hund zu fassen, er spritzte mit seinem zottigen Fell derart um sich, daß es ihnen die Sicht raubte. Mit den Netzen im Schlepptau schwamm er zielstrebig zwischen den ringförmigen Molen hindurch gegen das offene Meer hinaus. Erst dem Hafenmeister, der ihn mit dem Boot verfolgte, gelang es mit Mühe unter den anfeuernden Rufen der inzwischen zahlreich versammelten Dorfbewohner, den Hund einzufangen. Gillian stand am Rand der Hafenmauer mitten unter den Zuschauern, und das Herz klopfte ihr vor Bangigkeit und Staunen über das Durcheinander, bewirkt vielleicht allein durch ihre frühere Verwünschung.

Eine weißhaarige Dame mit blau getönter Dauerwelle betrachtete uns bekümmert. Wurde hier nun eine Obdachlosenzeitung verkauft oder nicht? Verstohlen gab ich Jonathan ein Zeichen. Er erhob sich von seinem Zeitungspacken, völlig abwesend, streckte der Dame gleich zwei Ausgaben entgegen, und diese, ihrerseits wie unter Hypnose, kaufte beide zusammen. Triumphierend rief ich vom Brückengeländer herunter, und was stellten die Jungen aus dem East End an in dem Fischerdorf? Das wollte ich natürlich auch von der Großmutter wissen, sagte Jonathan, aber sie steckte ja vor allem mit Gillian zusammen. Diese hörte auch verschiedene Jungengeschichten, jedenfalls liefen die kleinen Buben schon nach wenigen Tagen nicht mehr in ihren langen Hosen herum, die größeren lernten bald rudern, segeln und viele erst einmal schwimmen. Was das ungewohnte Essen betraf, waren die Jungen ziemlich komisch. Von einem wußte Gillian, daß er einen bestimmten Fisch nicht herunterbrachte, und da die Pflegeeltern darauf achteten, daß die bleichen Kinder aus dem East End ihre Teller leer aßen, behielt er den Fisch einfach im Mund, ohne auch nur den winzigsten Bissen hinunterzuschlucken. So marschierte er dann auch zur Schule, und da gerade dieser Junge besonders dünn war, fielen seine plötzlich aufgeplusterten Backen erst recht auf. Er konnte natürlich auch die Fragen des Lehrers nicht beantworten, die halbe Klasse fing an zu kichern, der Junge schnitt mit vollem Mund verzweifelte Grimassen, bis er vom kopfschüttelnden Lehrer hinausgeschickt wurde. Gillian liebte den gelben duftenden Safrancake, auch die Heidelbeerkuchen, die sie nie zuvor gegessen hatte. Überhaupt sog sie alles Neue und Unbekannte durstig auf, immer schon hatte sie weggewollt aus dem East End, fort von den Hinterhöfen voller Müll und den schluchzenden Kindern, die bis in die Nacht hinein vor den Wohnungstüren auf ihre betrunkenen Eltern warteten. Und wie als Unterpfand, daß sie nie mehr in diese geschlossene Welt zurückkehren würde, schnitt Gillian den untersten jener mit schwarzem Samt eingefaßten Knöpfe ihrer weißen Sommerjacke ab und schenkte ihn der Großmutter. Einmal besuchte Gillians Mutter ihre Kinder und war entsetzt, daß in dem Fischerdorf gar keine Luftschutzkeller vorhanden waren. Aber um nichts in der Welt wäre Gillian mit ihr nach London zurückgekehrt. Wir waren so seltsam glücklich, sagte die Großmutter oft, wir lebten wie in einem Traum, dabei war Krieg. Gillian wußte, daß ihre Mutter besonders leicht zu verstören war, diese hatte als Mädchen nach dem Untergang der Lusitania vor der irischen Küste die Tumulte und Krawalle im East End miterlebt. Nur weil der Name von Gillians Großeltern deutsch klang, wurde ihr ganzer Tabakladen geplündert, bis in das erste Stockwerk hinauf drang der wütende Mob, und nie konnte Gillians Mutter vergessen, wie ihr glänzend schwarzes Harmonium unter Hohngelächter durch das Fenster hinaus auf die Straße befördert wurde!

Die Ängste der Mutter von Gillian, sagte die Großmutter, sollten sich allerdings als berechtigt herausstellen. Sie waren hier, am Ende Englands, keineswegs so geschützt, wie man sich erhofft hatte. An einem stillen Sonntagmorgen explodierte ein Minensuchboot in der Bucht von Penzance, das nahe Plymouth wurde schwer bombardiert, und die feindlichen Flieger ließen vor der Rückkehr ihre letzte Last über den Wiesen von Cornwall nieder. Dann wurde auch Penzance angegriffen, und jeden Morgen nach dem Aufwachen rannte die Großmutter zuerst zum Egyptian House in der Chapel Street, um sich zu vergewissern, daß keine Bombe es getroffen hatte. Das Egyptian House war das wunderlichste Gebäude mit seinen trapezförmigen Fenstern, den bemalten Säulen, seinen geflügelten Schlangen, dem mächtigen Greifvogel unter dem purpurroten Dachfries und dem kleinen weißen Einhorn. Es stellte für die Großmutter ein unablässiges Versprechen dar, einmal in ferne Welten zu reisen, denn so wie Gillian immer wegwollte vom East End, so wollte sie fort von Penzance. Aber jetzt lebte Gillian in dem kleinen Fischerdorf, und sie wollten nichts anderes als zusammenbleiben. Im letzten Kriegssommer spürte die Großmutter, daß Gillian ein Geheimnis hatte. Jonathan machte eine Pause. Er kniff die Augen zusammen und fragte in maliziösem Tonfall, wollen Sie das wissen? Natürlich! rief ich.

Jonathan erhob sich. Es gibt noch viele Geschichten aus dem Fischerdorf, sagte er und verschnürte sein Zeitungsbündel, nur muß ich jetzt meinen Standort wechseln. Heute abend gehen mein Freund und ich nach Brixton, wir sind ziemlich sicher seiner Schwester auf der Spur! Jonathan stand vor mir. Sein Haar schimmerte in einem intensiveren Rotton als sonst an diesem sonnigen Junitag, die Grenzlinie seines Feuermals mitten im Gesicht erschien so scharf, als wäre sie mit einem Messer gezogen. Dann fragte er, wie bei unserer ersten Begegnung auf der London Bridge, kommen Sie morgen wieder? Ich suchte seine grauen Augen, ausdruckslos und verhangen, wie das Meer vor einem Sturm. Und von neuem hörte ich, als wäre es unser erster Morgen an der Themse, unter der Kuppel jener Glaspassage das vom Echo verhundertfachte Vogelgezwitscher, nur fern, warum nur so fern.

27

LOW WATER 0.87 m

Am späten Abend blieb ich lange auf einer Ufermauer der Themse sitzen. Schon oft hatte ich von hier aus zu dem Gebäude auf der anderen Seite hinübergeschaut, das wie ein Überrest des Kolosseums aufragte. Der Wasserstand war tief. Ein in den Schotter eingelassener gepflasterter Steg, auf den ich vorher nie geachtet hatte, wurde knapp über dem Wasserspiegel sichtbar. Er war von zwei gänzlich verrosteten Fahrschienen eingefaßt, die Pflasterung zum größten Teil herausgerissen. Träge floß die Themse dahin, fast schien es, als stockte sie. Stieg der über Jahrhunderte hineingeworfene Unrat an die Oberfläche? Aber davon war sie längst gesäubert. Dennoch sah ich diesen von Müll starrenden Fluß vor mir, abgebildet in der letzten Obdachlosenzeitung, die ich bei Jonathan gekauft hatte, einen von Abfall förmlich zum Stehen gebrachten Fluß in einem Elendsviertel Asiens. Wie ein riesiger Strom von Erbrochenem zwängte er sich zwischen den Slumhütten durch. Und ich saß wieder als Schulkind, an einem Aschermittwochmorgen, in dem großen Klassenzimmer und fixierte entgeistert den Schwall von Erbrochenem, der sich von dem Knaben vor mir über die Schulbank auf den Boden ergoß. Der Knabe wollte gar nicht mehr aufhören sich zu übergeben, bis zu meinen Füßen drang jetzt die Sturzflut, auf der obenauf die Buchstaben des Setzkastens schwammen. Man hatte uns kleine Erstkläßler, alle mit von der gesegneten Asche angegrauten Haaren und völlig aufgedreht von dieser Konfrontation mit der Vergänglichkeit, wohl mit Arbeiten am Setzkasten beruhigen wollen. Allerdings löste bei mir diese Beschäftigung ganz das Gegenteil aus. Den Setzkasten aufzuklappen und auf den dünnen Kartonleisten des Innendeckels einzelne schwarze Buchstaben zu eben auf die Welt kommenden, leuchtenden Wörtern zu gruppieren, erfüllte mich mit einer fiebrigen Erregung. Und jetzt trieben die Buchstaben in einem Strom von Erbrochenem! Der Knabe hatte bestimmt am Vortag von den eisigen, im Schneematsch liegengebliebenen und sowieso schon halbzerquetschten Fasnachtsorangen gegessen, vor denen wir stets nachdrücklich gewarnt wurden. Ich hatte wenig Erbarmen mit ihm. Doch die Buchstaben, besudelt und hilflos auf der Brühe des Erbrochenen schwimmend, taten mir unendlich leid. Unverwandt blickte ich auf die dunkle Themse. Vielleicht füllten auch Jonathan und ich, mit unserem unablässigen Erzählen, nur das Flußbett zwischen uns mit Buchstaben auf, einer Flut von Buchstaben, ungebändigten Wörtern, nur um einander nicht leibhaftig zu berühren? Und doch!

28

HIGH WATER 6.oo m

Weder am nächsten noch am darauf folgenden Tag ging ich zu Jonathan auf die London Bridge. Ich ließ jeden Zweifel fallen, verlor keinen Gedanken mehr darüber, ob seine Stimme bei unserem Abschied ratlos oder dringlich geklungen hatte, in den lichten Wäldern Südenglands waren die blauen Glockenblumen längst bis in die schattigsten Winkel vorgedrungen und woben weitläufige Teppiche.

Es war Frühling und würde immer so bleiben. Nur selten, kurz wie ein Wetterleuchten, durchzuckte mich die Möglichkeit eines furchterregenden Wagnisses. Es erlosch sofort, nur das Glück des Daseins, fraglos und ohne Forderung, erfüllte mich wieder. Nichts sonst begehrend, welchen Freiraum hatte es, sich zu entfalten. Wach lief ich durch die Straßen Londons, und doch ein wenig entrückt. In Bethnal Green sah ich im Schaufenster eines Kellerladens ein einziges Kleid ausgestellt. Ein Sommerkleid, in einem tiefen Blau. Natürlich kein Matrosenkleid, aber gemustert mit darüber gestreuten hellgrünen Laubblättern, ich fand, es sehe sehr englisch aus. Mit dem Vorgefühl eines unausweichlichen Kaufes stieg ich die Treppe hinunter in den Laden, probierte, zahlte und stand schon wieder oben im Freien. Vielleicht war es die Straße, wo Jonathan wohnte?

Das glänzend schwarze Harmonium von Gillians Mutter fiel mir wieder ein, und wie sie zuschauen mußte, als es vom plündernden Mob durchs Fenster hinaus auf die Straße befördert und fortgeschleppt wurde. Das Harmonium in unserem Sommerhaus glänzte nicht, es war aus schwarzem Eichenholz und blieb matt, auch wenn das Sonnenlicht durch die südliche Fensterreihe fiel. An das Harmonium war eines der wenigen Verbote unserer Sommerzeit geknüpft. Wir durften während einer Beerdigung auf dem nahen Friedhof keinesfalls in die ächzenden Pedale treten und die langgezogenen Töne hervorlocken. Ebenso war es strengstens untersagt, auf der Toilette im Bad, einem korridorartigen Raum, der ausgerechnet unmittelbar an die Gräberreihen vor dem Fenster grenzte, die Kordel mit der rumpelnden Spülung zu betätigen. So kam es immer wieder vor, daß wir auf der Toilette festsaßen, weil wir zu spät einen sich nahenden Leichenzug bemerkt hatten. Ich hätte es wissen müssen, an jenem Morgen, als ich gerade die lange Kordel um meine kleine Faust wickelte, um möglichst kräftig daran zu ziehen. Am Tag zuvor hatte eine solche Aufregung geherrscht im Pfarrhof, ein Kommen und Gehen von Leuten, die Tanten wirkten verstört, meine Mutter schaute mich an mit merkwürdig abwesenden Augen. Das Wildweib war gestorben. Natürlich stellte ich mir darunter eine Frau vor, aber alle sprachen dauernd von einem Traktor, doch ein Wildweib mußte ja gewiß eine zupackende Person mit Männerkräften sein. Er ist vom Traktor förmlich zerdrückt worden, rief meine Mutter und schlug die Hände vors Gesicht, dabei wollte er nur das Kind retten! Immer verwirrter hörte ich zu. Wer war das Wildweib nun wirklich? Er hat wohl das Heufuder überladen, sagte die jüngere Tante, den ganzen Nachmittag schon standen über dem Ramersberg schwarze Wolken, sicher wollte er das letzte Heu noch vor einem Unwetter einfahren, dann sah er plötzlich seinen Jüngsten dicht hinter dem Heuwagen herspringen, das Heu fällt beim Wenden auf ihn herunter! muß er gedacht haben, und er machte in Panik auf dem abschüssigen Hang dieses Manöver, bei dem sich der Traktor überschlug. Dem Kind ist nicht das geringste passiert, es soll sogar noch gejauchzt haben über das durch die Luft fliegende Heu! Er ist noch so jung, sagte die ältere Tante und nahm meine Hand, und er war an der vergangenen Älplerkilbi ein so prachtvolles Wildweib. Richtig schön wild hat er ausgesehen, in seiner hölzernen Maske mit dem zottigen schwarzen Haar und den herunterhängenden Fuchsschwänzen, und wie er sein Tännchen schwang, als er mit Riesensprüngen die Kinder vor sich her durchs Dorf jagte! Zusammen mit dem Wildmann trug er anschließend auf dem Dorfplatz die gereimten Sprüche vor, wie man das so noch nie gehört hatte. Es waren bittere Klagen über allerlei Mißstände im Dorf, aber die Reime waren derart komisch, die verstellte Stimme des Wildweibs jedoch so beklemmend, daß niemand wußte, ob es zum Lachen oder zum Weinen war.

Der Onkel selbst würde die Beerdigung und die Messe danach zelebrieren, alle im Pfarrhof wollten daran teilnehmen, meine Mutter ließ mich nach einigem Zögern allein zurück. Aber als ich gerade kräftig an der Kordel der Toilettenspülung ziehen wollte, war es wieder einmal zu spät. Dicht an meinem Ohr waren schon die gemurmelten Gebete und das Scharren von Füßen im Kies zu hören. Als ich durch den stets leicht schräg gestellten Fensterladen spähte, sah ich den Friedhof voll von schwarzgekleideten Menschen und genau auf meiner Augenhöhe einen Berg von Kränzen. Für mich gab es kein Entrinnen mehr. Ich würde mir, wie in anderen solchen Fällen, die Zeit mit dem Studieren des Toilettenpapiers vertreiben müssen. In einen kleinen Behälter an der Wand, der einem Briefkasten glich, steckte die jüngere Tante jeweils das Toilettenpapier, das aus zerschnittenen alten Telefonbuchseiten bestand. Meine Mutter schmuggelte öfters unter ihrem Sommerkleid für sich und uns weißes Toilettenpapier ins Bad, aber wir hätten nie gewagt, eine Rolle dort aufzustellen. Das Studium der zerschnittenen Telefonbuchseiten war auch nicht uninteressant, man konnte sich nach und nach, wie in einem Puzzle, die Bewohner des Kantons vorstellen. Ich wollte eben nachsehen, welcher Buchstabe des Alphabets heute auflag und welche Namen und Adressen ich vorfinden würde, als ein immer lauteres Weinen mich stocken ließ. Es wuchs zu einem über die Maßen verzweifelten Schluchzen an. Jetzt war es unmittelbar hinter meinem Fenster, es war eine Frauenstimme, jenseits jeden Trostes. Vergebens fixierte ich die Löwenpranken aus Messing, welche die alte Badewanne trugen, das Schluchzen überflutete wie eine ungeheure Anklage den ganzen Friedhof. Es stellte alles in Frage, den Frieden der Sternennächte, den verborgenen Gott, das Leben selbst. Ich hielt es nicht mehr aus. Auf Zehenspitzen schlich ich aus dem Bad und flüchtete mich hinüber ins Waldzimmer.

Doch im Waldzimmer meines Vaters, in das zu dieser Morgenstunde kein einziger Lichtstrahl fiel, war ich vor dem entsetzlichen Schluchzen keineswegs gerettet. Es drang, durch die geschlossenen Fenster kaum abgeschwächt, auch hier herein. Ohne die zitternden Lichtflecken auf den gemalten Linden und Buchen erschien mir die Waldtapete seltsam düster. Ob die Wildleute einst aus solchen Wäldern kamen? Früher, hatte die Mutter mir eines Nachts erzählt, als ich wieder einmal wegen des Raschelns der Teeblätter wachlag, waren das Wildweib und der Wildmann bei ihrem Auftritt im Dorf noch ganz mit graugrünen Flechten von der Wettertanne behangen, furchterregend habe das ausgesehen. Die Wildleute sollen die letzten versprengten Heiden in den Bergen gewesen sein, die den Älplern mit Rat und Tat zur Seite standen. Zum Dank dafür wurden sie an die Älplerkilbi eingeladen, während des Hochamts allerdings mußten sie draußen vor der Kirche bleiben. Jetzt war das Wildweib gestorben, mein Onkel segnete das Grab, und der Friedhof starrte von schwarzgekleideten Menschen. Das grelle Schluchzen sank nun manchmal zu einem Wimmern herab, das mir jedoch noch schrecklicher vorkam. Ich tastete mit meinen Händen über die gemalten Lindenblätter und Buchenstämme. Wo war nur mein Vater? Schweigend wuchs der gemalte Wald um mich, tief und undurchdringlich, keine der helleren Lindenblüten bewegte sich. War denn mein Vater auch ein Wilder geworden, verschwunden unter grünen Flechten und Tannenschößlingen, unendlich geliebt und kaum gekannt?

29

HIGH WATER 5.76 m

Jemanden in Brixton zu suchen, stellte ich mir als ziemlich wahnwitziges Unternehmen vor. Als ich dort einmal durch den Markt schlendern wollte, blieb ich förmlich im Gedränge stecken. Die roten Backsteinhäuser der Straße beschrieben zwar einen schwungvollen Bogen, aber ich kam nur schrittweise vorwärts. Aufgeschichtetes Gemüse türmte sich auf beiden Seiten, grüne Bananen und Berge von braunen Knollen, die ich noch nie gesehen hatte. Aus den offenen Metzgereien strömte ein penetranter beißender Geruch. Unter den Neonröhren hingen in Reih und Glied, die Füße zusammengebunden, Kopf nach unten, die ausgebluteten Hühner und Schafe. Fast überall befand sich irgendwo über den gekachelten Wänden ein Bild der Kaaba unter ihrem schwarzen golddurchwirkten Vorhang. Deutlich konnte man das Kreisen der Pilger erkennen, von der Kaaba magnetisch angezogen, und das Gewühl hier in den Straßen des Marktes schien ein Ausläufer dieses Sogs zu sein. Wie nur konnte es Jonathan und seinem Freund gelingen, jemanden, der untertauchen wollte, in Brixton zu finden? Heute mußte ich ihn unbedingt danach fragen.

Wie unter geheimem Befehl zog ich zum ersten Mal das neugekaufte Kleid an. Als ich beim Bazarbesitzer vorüberging und winkte, warf ich kurz einen prüfenden Blick in die Schaufensterscheibe, obwohl ich bis jetzt nie eine Sekunde an mein Aussehen verschwendet hatte, wenn ich im Begriff war, bei Jonathan vorbeizusehen. Jetzt war ich plötzlich unruhig. Vielleicht nahm sich an mir das dunkelblaue Kleid mit dem hellgrünen Blättermuster doch zu englisch aus? Nachdenklich studierte ich in der Underground die Kleidung der Mitfahrenden, sie war, kaum schien die Sonne etwas stärker, vor allem bei der ärmeren Bevölkerung von einer schrankenlosen Ungeniertheit. Eilig betrat ich die London Bridge. Schon von weitem entdeckte ich Jonathan, und kaum bei ihm angelangt, begann ich sofort, um möglichst von mir abzulenken und als hätten wir unser Gespräch erst vor einer Stunde unterbrochen, ihn nach der Schwester seines Freundes zu fragen. Jonathan lehnte sich an das Brückengeländer und gab keine Antwort. Er betrachtete mich, was er noch nie getan hatte, von oben bis unten. Ein heißer Schrecken durchfuhr mich. Wie stets bei meinen Streifzügen trug ich Turnschuhe! In Kombination mit dem dunkelblauen Kleid sah das bestimmt reichlich unpassend, wenn nicht lachhaft aus. Schnell kauerte ich mich neben Jonathans Zeitungsbündel nieder und verschränkte die Arme um die Knie. Jonathan ließ sich Zeit. Wir hatten die Suche, sagte er endlich, trotz einiger Adressen bereits aufgegeben und hockten uns am Rand eines Skateparks hin. Es sind dort richtige Hügel und Senken angelegt, man kann die tollkühnsten Sprünge mitverfolgen, und alles ist mit farbigen Graffiti bemalt und besprüht. Erst nach etwa einer Stunde fiel uns auf, daß eine junge Frau wiederholt und immer näher auf ihrem Skateboard bei uns herumkurvte, sie hatte struppiges violett gefärbtes Haar, und plötzlich stand sie vor uns still. Sie war es! Sie führte uns gleich ein paar halsbrecherische Sprünge vor, sie war wohl etwas betrunken, da sie bei fast jeder Drehung stürzte. Aber sie beteuerte, daß wir uns überhaupt keine Sorgen um sie machen müßten, das Skateboard sei nur geliehen, sie komme Abend für Abend hierher, um herumzusausen und alles zu vergessen, die eingeschlagenen Scheiben ihres kleinen Ladens, den Brandgeruch, die zertrampelten Perückenköpfe. Mein Freund konnte ihr nicht entlocken, wo sie denn nun wohnte, bei wem sie arbeitete und was sie sonst so trieb, wir haben einander nur versprochen, uns jeden Freitagabend im Skatepark zu treffen.

Möglichst unauffällig erhob ich mich, aber Jonathan sah mich wieder von Kopf bis Fuß an. Ich kam mir furchtbar töricht vor. Lust, mich in einem Park in einen Liegestuhl zu werfen und an nichts mehr zu denken, ergriff mich. Morgen komme ich früher, sagte ich und murmelte etwas von der kleinen Ente in St James's Park, die kürzlich in dem grünen Algenbrei fast erstickte und nach der ich sehen müsse. Jonathan warf mir einen forschenden Blick zu. Ich verabschiedete mich rasch, überquerte die London Bridge und stieg hinab in die Underground. In St James's Park war nirgends eine Ente zu entdecken. Die Algenteppiche auf dem See schienen stündlich zu wachsen. Ich suchte mir einen Platz im Freiluftcafé, wenige Augenblicke später setzte sich mir gegenüber ein Mann mit der Times nieder. Er holte sich Scones mit Jam und Cream, der warme Duft drang so verführerisch bis zu mir, daß ich mir dasselbe besorgte. Während des Essens mußte ich immer wieder den Mann beobachten, der die Zeitung zusammengefaltet hatte und mit Hochgenuß seine Scones verschlang, wie wir als Kinder unser Vesperbrot, aber dies war ein erwachsener Mann in einem tadellosen dunklen Geschäftsanzug und mit einer Aktenmappe. Irgendwie erheiterte mich diese zeitliche Verschiebung von Gewohnheiten so, daß ich äußerst unachtsam meine Erdbeerkonfitüre auf die mit Rosinen gespickten Scones lud. Auf einmal fühlte ich etwas Feuchtes auf meinen Knien. Kann man derart ungeschickt sein! Das heute zum ersten Mal angezogene dunkelblaue Kleid war mit Erdbeerkonfitüre verkleckert. Ich war so beschäftigt mit dem Entfernen der klebrigen Konfitüre, daß der Geschäftsmann mit seiner Aktenmappe verschwunden war, als ich wieder aufschaute. Auf meinem neuen Sommerkleid aus Bethnal Green prangte ein großer dunkelroter Fleck. Zurück im East End, schrubbte ich mit einem Anflug von Verzweiflung an dem Kleid herum, während draußen der singende Eiswagen ungerührt seine Runden zog. Je mehr ich an dem Kleid rieb, desto tiefer drang der Fleck in den Stoff ein. Er schien sich sogar noch zu vergrößern. Kurzentschlossen warf ich das kaum getragene Sommerkleid in die Waschmaschine, und als im Verlauf des Abends die roten Kontrolllampen aufleuchteten, nahm ich es wieder heraus. In Händen hielt ich ein mir unbekanntes Kleidungsstück. Der Stoff war von einem tintigen Schwarz, merkwürdige kleine Blätter hoben sich kaum davon ab, und das Ganze entsprach einer Kindergröße.

30

HIGH WATER 5.88 m

In der Nacht sah ich, in einer lautlosen Tiefe des Traums, eine Schlange von unvorstellbarem Ausmaß. Rings um sie wuchs von Nässe tropfender Urwald. Die Schlange rührte sich nicht, nur ihre Schuppen schimmerten in einem hellen Blau, wechselnd zu dunklerem mit silbernen Schatten. Ich wußte, daß sie lebendig war. Bedrohlich lebendig. Dennoch war es ganz still, ich empfand keine Furcht und betrachtete sie unverwandt, als wären wir beide, die Schlange und ich, in eine unaufhebbare Ewigkeit versenkt. Kaum merklich erlosch der blausilberne Glanz auf den Schuppen, die gewaltigen Konturen des Schlangenkörpers lösten sich im dunklen Urwald auf. Ich erwachte. Es wurde ein stürmischer Tag. Und als wären das Knattern der Plastikplanen, das Jaulen des Winds in den Parkstangen, das Scheppern des herumfliegenden Abfalls nicht genug, brausten die Könige des East End mit noch lauterer Musik und aufheulendem Motor als sonst durch die Straßen, daß bei mir die Gläser klirrten. Ich flüchtete in die Underground und spä-

ter in einen Park, wo eine Allee japanischer Kirschbäume einen hellroten Tunnel gebildet hatte. Ich
mied die London Bridge. Ein längst vergessener
Vers ließ mich nicht mehr los, also sei gelobt für
alle Zeiten, daß du blühn und sterben wolltst.

31

LOW WATER 1.04 m

Und das Geheimnis von Gillian? Ich hatte längst
begriffen, daß nur auf Umwegen etwas von Jonathan zu erfahren war. Es brauchte dieses absichts-
lose Beieinandersein, damit manchmal unversehens
ein Fragment seiner Lebenslandschaft aufblitzte.
Heute wollte ich ihm von den Fünfpässefahrten
mit dem Onkel erzählen, wozu man aus dem Dorf
den Heinrich mit seinem unförmigen dunkelblauen
Wagen kommen ließ. Vielleicht wußte Jonathan,
welche Automarke das gewesen war, mit dieser
mächtigen Motorhaube, der voluminösen glänzenden Stoßstange, den Doppelscheinwerfern und der
Lüftung wie die Brustrippen eines Skeletts? Bevor
der Heinrich benachrichtigt werden konnte, mußte
die Route feststehen, und die jüngere Tante beriet
darum lebhaft mit dem Onkel die verschiedenen
Varianten. Ausgangspunkt war stets der Brünig,

aber wollte man nachher über den Grimsel oder über den Susten, später über den Lukmanier oder über den Gotthard, und wie, wenn man über die Furka heimkehren wollte?! Meine Mutter amüsierte sich über die hitzigen Planspiele und verzog sich in die Laube. Und dort würde sie auch sitzen bleiben, im Schatten der Glyzinien, während wir im Innern des dunkelblauen Wagens versanken, schwindelerregende Haarnadelkurven hinaufklommen und auf den Paßhöhen wegen der kühlen Luft die Scheiben hochkurbelten. Die jüngere Tante mußte sofort aussteigen, wenn eine Gletscherzunge auftauchte, auch wenn unter dem wie von Asche bedeckten Schnee kaum ein grünblauer Eisschimmer zu entdecken war. Der Onkel machte uns auf das Gletschertor, die Moränen, einen hie und da noch erhaltenen Gletschertisch aufmerksam, die Tante verfolgte alles mit ihrem erhobenen Bergstock und stand so kerzengerade da, als forderte der Gletscher ihre persönliche Reverenz. Ich aber sah meine Mutter tief unten in der schattigen Laube sitzen, kaum sichtbar und ohne jede Beschäftigung, nur das helle Weiß ihrer Arme trat deutlicher aus dem Glyziniendunkel hervor. Mein Vater wußte immer, wo sie zu finden war, entweder hielt sie sich in den Staatsgemächern auf, wie er den roten Saal nannte, oder sie saß in der Laube. Daß sie, die zu Hause unserem dauernd etwas aus den Fugen geratenden Haushalt vorstand und die chaotischen Finanzen meines Vaters verwaltete, so still im Liegestuhl der Laube verweilen konnte, trug vielleicht dazu bei, daß wir das nur für ein paar Wochen geliehene Sommerhaus als unsere eigentliche Heimat empfanden. Ahnten wir denn, daß sie dort, im scheinbaren Nichtstun, ihre eigenen und unsere kommenden Erinnerungen zusammenschloß zu einer pulsierenden Mitte, von der jedes noch so unauffällige doch innige Gefühl, gelebt zu haben, ausging? Dann sah ich manchmal, auf einer windigen Paßhöhe stehend, weit unten in der Tiefe meine Mutter in der dunkelnden Laube immer kleiner werden, und eine Sehnsucht nach ihr ergriff mich, als wäre sie schon gestorben.

Glauben Sie nicht auch manchmal, sagte ich unvermittelt zu Jonathan, als ich bei ihm auf der London Bridge eintraf, daß Ihre Großmutter immer noch in Penzance im oberen Stockwerk ihres Hauses am Fenster sitzt und aufs Meer hinausschaut und daß es barbarisch ist, nicht an die Fortdauer gewisser Dinge zu glauben? Jonathan fixierte mich mit einem so eigentümlichen Blick, daß ich meine Frage sofort bereute. Er schien plötzlich überschwemmt von etwas, das sich weigerte, mitgeteilt zu werden. Hatte ich erneut jenes Aggressive, Drohende in ihm geweckt? Angstvoll bückte ich mich nach seinen Zeitungen hinunter. Unglaublich, rief ich aus, haben Sie das gesehen? Sie beginnen schon wieder,

die von den Schlammströmen des Vulkanausbruchs
verwüsteten Landstriche zu bepflanzen! Hier, dieses Bild einer früheren Wiederbegrünung nach einer
Eruption, sie pflanzen immer von neuem Lupinen
an, nichts mehr von zertrümmerten Eisschollen,
schwarzen Lavabrocken, mit Asche bedeckten Tä-
lern, nur Lupinen. Nichts als ein Meer von blauen
Lupinen bleibt zurück! Sieht das nicht fast aus wie
die Glockenblumen Englands im Frühling? Ich
vermutete, daß Jonathan mir überhaupt nicht zu-
gehört hatte. Mit einer brüsken Bewegung nahm
er die Zeitungen an sich und ordnete sie zu einem
neuen Bündel. Einmal über den Tamar gegangen,
sagte er so laut, daß mehrere Passanten sich um-
wandten, kehrt man nur geköpft, geviertelt oder
gepfählt zurück! Nicht wenige der Verräter, deren Köpfe man auf der London Bridge aufspießte,
hatten in offener Revolte den Tamar überschritten
und waren gegen Westminster gezogen, aber jeder
Aufstand wurde grausam niedergeschlagen. Mit
Blut besudelt, sagte die Großmutter, war auch das
englische Gebetbuch, das den Fischern und den
Leuten in den Mooren von Cornwall mit Gewalt
aufgezwungen wurde und dessen Sprache ihnen
fremder war als das alte Latein. Aber dann erzählte
sie stets auch die Geschichte von jener jungen Frau,
die bis nach London ging, um den aufgespießten
Kopf ihres Vaters heimzuholen und zu bestatten,
bevor er Fraß für die Fische wurde, und wie sie in

einer finsteren Neumondnacht unter großer Gefahr einen Bootsmann auf der Themse bestach und den Wächter der Verräterköpfe betrunken machte. Hätten Sie das auch gewagt?

32

HIGH WATER 6.59 m

Betreten schaute ich vor mich hin. Es schien mir nicht der Tag, dem Geheimnis von Gillian näherzukommen, und warum sollten Jonathan die Fünfpässefahrten interessieren? Inzwischen war es dunkel geworden. Niemand hatte bei Jonathan eine Zeitung gekauft. Kehrte er sonst um diese Zeit nicht längst nach Bethnal Green zurück? Er schwang sich aufs Brückengeländer und setzte sich auf den Platz, den ich oft einnahm. Habe ich Ihnen schon erzählt, fragte Jonathan, daß mir die Großmutter beim Einschlafen oft ausführlich von den häufigen Krankheiten berichtete, mit denen die Kinder aus dem East End geplagt waren? Einige hatten ihre Kopfläuse schon aus London mitgebracht, manche litten an Hautausschlägen, andere bekamen am Meer, vielleicht auch wegen des rauhen Winds, akute Mandelentzündungen. Am meisten Kopfzerbrechen bereitete den Pflegeeltern die Tatsache, daß bei den Londoner Kindern die kleinste Schürfung eines Fingers eine Eiterung verursachte, und während sich die Jungen des Fischerdorfes nicht um ihre Kratzer vom Herumklettern auf den Klippen kümmerten, mußten die Kinder aus dem East End Gummifinger über die vereiterten Stellen stülpen, um diese vor noch heftigeren Entzündungen zu schützen. Auch Gillian tauchte eines Tages mit einem solchen Gummifinger auf, der schon brüchig und bräunlich verfärbt war, und die Großmutter fragte sich, mit wem sie denn auf die Klippen ging? Ich aber dachte manchmal, sagte Jonathan, die Großmutter schildere mir so oft alle diese Krankheiten, um mir zu bedeuten, daß Gesundsein durchaus nicht der normalste Zustand sei. Besonders einen Jungen, der von Schorf befallen wurde, beschrieb sie mir derart eingehend, daß ich mir dagegen schon ganz ansehnlich vorkam. Die Großmutter selbst hatte in ihrem Schrank ein eigenes Abteil für kranke Tage eingerichtet. Da waren Kniebandagen gestapelt, Tücher für Umschläge mit Essigwasser, wärmende Decken, Nachthemden zum häufigen Wechseln und Medizinfläschchen mit den verschiedensten Tinkturen.

Big Ben schlug die letzte Stunde vor Mitternacht. Obwohl so nah, kamen die schweren Glockentöne zuerst wie aus der Ferne oder vom Grund des Wassers herauf, um uns dann jedoch unentrinnbar einzuholen. Ruhelose Zeiten aber kamen erst noch, fuhr Jonathan nach einer Weile fort, als in London die Große Synagoge und die Schule der Kinder bombardiert wurden. Die wirrsten Berichte drangen vom brennenden East End bis in das Fischerdorf, einzelne Bilder von eingestürzten Stockwerken, rauchenden Trümmern, Schutt und Ruinen. Man sorgte sich um die Eltern der evakuierten Kinder. Alle verbrachten auch an diesem Ende Englands gestörte Nächte, sei es, weil man auf das ferne Brummen der Bomber lauschte oder dauernd zu jemandem rannte, der ein Radio besaß, um die neuesten Kriegsmeldungen zu hören. Indessen war bis jetzt niemand der Eltern umgekommen, sie hatten in die Tunnel der Underground flüchten können, wo die Londoner sich in Maßen zusammendrängten und in dichten langen Reihen auf dem Boden schliefen. Aber zwei Jahre später, an einem Vorfrühlingstag, mußte etwas Furchtbares in der Underground geschehen sein. Den Kindern im Fischerdorf fiel auf, wie die Erwachsenen das Radio abschalteten, wenn sie das Zimmer betraten, oder die neueste Zeitung mit der fett gedruckten Titelseite nach unten auf den Tisch legten. Eines Abends kurz danach, der Himmel flammte noch hell über der Küste und Gillian saß auf einer der ringförmigen Molen und hörte dem Geschrei der Möwen zu, kletterte aus dem Bus von Penzance Gillians Mutter. Sie sei so zusammengefahren, als ihre Mutter derart unerwartet auftauchte, erzählte Gillian später, ihr Herz habe hörbar geklopft. Die Mutter aber habe sie ein übers andere Mal an sich gedrückt und heftig zu schluchzen begonnen, ohne daß sie auch nur einen Satz herausbrachte. Schließlich nahm Gillian ihre Mutter bei der Hand und lief mit ihr durch die Gassen des Fischerdorfs. Nicht einmal nach den zwei Schwesterchen erkundigte sich die Mutter, es konnte ihnen ja in diesem abendlichen Frieden nichts passieren, sie schien vor allem Gillian etwas mitteilen zu wollen, wofür ihr noch die Worte fehlten. So kamen sie bis zu der kleinen Methodistenkirche, wo es eine Empore gab wie in der Synagoge und auf der Gillian sonntags gerne saß, weil sie es über alles liebte, wenn der Chor sang. Die Tür war offen und leicht angelehnt, jemand mußte den Gang gescheuert haben, er glänzte noch feucht. Gillian zog ihre Mutter auf die Empore hinauf und zeigte ihr den Platz, den sie jeweils mit der Fischerfamilie einnahm. Auch ihrer Mutter mußte es wohl wegen der Empore vertraut wie in einer Synagoge vorgekommen sein, jedenfalls setzte sie sich und beruhigte sich langsam, auch wenn sie Gillians Hand keinen Augenblick losließ. Und endlich berichtete sie von der unvorstellbaren Massenpanik, die während des letzten Bombenangriffs bei der Flucht in die Underground von Bethnal Green ausgebrochen war. So viele Tote, sagte Gillians Mutter, so grauenhaft viele Tote, Männer, Frauen, Kinder, ganze Familien auch aus ihrer Straße, alle niedergetrampelt und erdrückt auf der langen Treppe hinunter in den Tunnel! Nein, dem Vater sei nichts geschehen, stets sofort seien sie hinuntergeflüchtet, denn Gillians Mutter wollte sich unbedingt einen Schlafplatz in der Nähe einer der überaus spärlichen Lampen sichern, der Anblick des von Schlafenden überfüllten und sich vollkommen in der Finsternis verlierenden Tunnels ängstigte sie sonst dermaßen, als blicke man lebend schon in die endlosen Windungen des Totenreichs.

Weißt du noch, soll die Mutter ausgerufen haben, wie ich mich beklagte, daß ihr hier keine Luftschutzkeller habt? Aber wir sind in unseren Tunnel in London nicht weniger in Gefahr als ihr unter dem freien Himmel Cornwalls, wenn nur dieser Krieg endlich vorüber wäre! Und Gillian erzählte einmal der Großmutter, daß sie schweigend ihre Mutter anschaute, während diese ihr ausmalte, wie sie nach Kriegsende alle wieder im East End zusammensein würden, und unentwegt hörte Gillian dabei die Brandung des Meers, sein heranrollendes donnerndes Rauschen, das Geschrei der Möwen, welches sich entfernte und wiederkehrte. Ein unsäglicher Schmerz zerriß Gillian, ihr war, als würde sie sterben, wenn sie dies alles verlassen müßte. Und die Mutter, die Verzweiflung in Gillians Gesicht gewiß ganz anders deutend, strich ihr über das kraus gewordene Haar, wie es nach Salz riecht, sagte sie, es ist Zeit, daß ihr nach London heimkommt, du sprichst ja schon mit einem kornischen Akzent!

Indessen dauerte der Krieg. Seit die Kinder aus dem East End im Fischerdorf waren, sagte die Großmutter, war auf einmal in dem sonst verschlafenen Nest viel mehr los als in Penzance. Da der nächtliche Fischfang verboten wurde, hockten die Männer trotzdem schlaflos in der Dunkelheit auf den ringförmigen Molen herum. Das ließ sich die Großmutter alles genau berichten, vor allem, weil jemand Gillian eines Abends auf einem Fahrrad gesehen hatte, zusammen mit einem Jungen, sie seitlings auf dem Gepäckträger, oben auf dem Fahrweg über der Küste. Es war ein windiger, regnerischer Tag gewesen. Vielleicht fuhren der Junge und Gillian immer zu dieser Stunde los, aber an jenem Abend war auf einmal der eben noch verhangene Himmel aufgerissen, ganz hell wurde es gegen Westen, und hoch über dem Meer, silhouettenscharf im Gegenlicht, fuhren die beiden davon! Man ließ sie gewähren. Schließlich war Gillian schon vierzehn Jahre alt. Mehr im Auge behalten mußte man hingegen die jüngeren Kinder, die in der Dämmerung, wenn die Erwachsenen sie bereits im Bett glaubten und wieder einmal um ein Radio versammelt waren, flink wie Wiesel entwischten und sich unten beim Hafen zusammenrotteten. Aus unerfindlichen Gründen begannen sie immer denselben Kinderreim zu singen, London Bridge is falling down, und während sich die Erwachsenen angestrengt auf den Sender konzentrierten, drang vom Hafen herauf immer schriller der Gesang der Kinder, die einander wild in die Strophe fielen, wobei die schneidenden Spatzenstimmen der Jungen aus dem East End deutlich obenauf schwangen, London Bridge is falling down, falling down, falling down! Überrascht starrte ich Jonathan an. Ich hatte nicht bemerkt, daß er sich von seinem Sitzplatz erhoben hatte. Nun stand er schon aufrecht auf dem Brückengeländer, das zwar breit war, doch unten floß die Themse bei Flut! Und jetzt begann er auch noch, rücklings auf dem Geländer von mir weg zu balancieren. An einem der seitwärts ausgestreckten Arme hielt er den verschnürten Zeitungspacken, den er ruckartig hochhob, um das Gleichgewicht zu wahren, dazu sang er immer lauter, London Bridge is falling down, falling down, falling down! Eine Gruppe Jugendlicher, die über die Brücke kam, fiel grölend in seinen Singsang ein, sie schwenkten die Bierdosen und prosteten Jonathan zu. Als einer von ihnen an seinem Zeitungspacken zerrte, wandte sich Jonathan blitzschnell um und sprang, immer noch auf der Brüstung, gegen die Mitte der Brücke zu. Dort angekommen, schwang er den Zeitungspacken, als wolle er ihn ins Wasser werfen, doch nein, mit aalhafter Geschicklichkeit wand er sich aus seiner Lederjacke und schleuderte diese hinab in die Themse. Die Jugendlichen verfolgten Jonathan johlend mit ihren Bierdosen, aber als sie die Brückenmitte erreichten, war er verschwunden. Die Gruppe blieb ihm offenbar nicht auf den Fersen. Biertrinkend und unablässig singend zog sie langsam weiter, London Bridge is falling down, falling down, falling down. Ich suchte mit den Augen den Fluß ab. Nirgends ging eine Jacke unter, glänzte eine nasse Lederhaut, ragte noch ein Ärmel aus dem Wasser. Eilig und entschieden floß die Themse in der Dunkelheit dem Meer zu.

33

LOW WATER 0.94 m

Am Morgen darauf wurde ich von einem höllischen Lärm geweckt. Verwirrt eilte ich ans Fenster. Die Straße war menschenleer, das schwarze Taxi verschwunden. Niemand zeigte sich auf den Balkonen des Nachbarhauses, nicht einmal das Mädchen mit den verschiedenfarbigen Ringelsocken. Die ganze Gegend erschien wie unbewohnt. Jetzt mußte das ohrenbetäubende Knattern direkt über mir sein, den zurückgelegten Kopf an die Scheibe gepreßt, sah ich endlich den Polizeihelikopter. Er kreiste ununterbrochen über unseren Häusern, blieb an bestimmten Stellen länger in der Schwebe, sank abrupt und stieg ebenso rasch wieder auf, drehte seitwärts ab und begann das Manöver von vorn. Ratlos setzte ich mich auf die Bettkante. Mir war, als hörte ich mitten in dem Dröhnen des Helikopters ein schnelles vertrautes Geräusch. Die Briefklappe! Und da mich dieses Klappgeräusch immer an die Katzentür meines Katers erinnerte, eilte ich voll sinnloser freudiger Erwartung zur Tür. Wie stand er dann manchmal vor mir, der verwegene Strolch, das tiefschwarze Fell gespickt mit Grassamen, den Kopf und die aufgerichteten Ohren bekrönt mit Spinnweben wie mit einem Diadem! Am Boden, unterhalb der Briefklappe, aber lag nur ein Reklamekärtchen. Bangla City Car Service stand darauf. Es war noch warm von der unbekannten Hand. Ich wagte nicht, die Tür zu öffnen und kehrte ans Fenster zurück, immer noch das Kärtchen haltend, mit der sich schon verflüchtigenden Spur menschlicher Wärme. Wer mochte es gewesen sein, der trotz des Helikopterlärms von Tür zu Tür ging? Wieder und wieder strich ich über das Reklamekärtchen, so wie ich hie und da die noch warmen Stellen aufsuchte, auf denen der Kater lange gelegen hatte, mit überkreuzten Vorderbeinen, in jahrtausendealter Ruhe, nicht anders als die Katzen aus flammendem Karneol auf dem Armband einer Pharaonenfrau, gefunden in ihrem Grab in Theben. Warum nur schloß ich jedesmal, beim Aufspüren der von der Katze zurückgelassenen Wärme, unwillkürlich die Augen? Weil dieses Tasten wie der Schritt über eine Schwelle war, hinein in ein unsichtbares Reich, voll der ältesten Verbindungen.

Endlich entfernte sich der Helikopter und kehrte nicht mehr zurück. Vorsichtig öffnete ich die Haustür. Die Straße war immer noch verlassen. Ich eilte zum Bazar, wo bereits eine Gruppe Bengalen versammelt war. Alle stellten Mutmaßungen über den Polizeieinsatz an. Hatte sich irgendwo in unseren Häusern ein schweres Verbrechen ereignet? Oder war es eine Drogenrazzia? Mir ist schon ganz schwindlig von all den Spekulationen, sagte der Bazarbesitzer zu mir, als sich die Gruppe wieder zerstreut hatte, und holte die Times. Über die Kühltruhe gebeugt, studierten wir die Wetterlage. Den britischen Inseln näherte sich ein Tief.

34

LOW WATER 0.38 m

Die Underground Station zur London Bridge! Beinahe wäre ich weitergefahren. Auf dem Sitz neben mir hatte eine zerknitterte Zeitung gelegen, eine merkwürdige Abbildung darin fesselte mich derart, daß ich die Seite glattstrich. An einer Wand standen nebeneinander gereiht lauter längliche Holzkisten wie offene Särge. Jede Holzkiste trug eine Nummer und war von einem Mann besetzt. In diesen Kisten spielte sich nun, trotz der Atmosphäre wie in einem Leichenschauhaus, das regste Leben ab. Alle Männer schienen überaus beschäftigt in ihrer Kiste. Zwei debattierten lebhaft miteinander, der Mann neben ihnen turnte und machte gerade Dehnübungen, in der nächsten Kiste las einer seitlich auf den Arm gestützt ein Buch, bestimmt hatte man ihm die Bibel in die Hand gedrückt, denn es handelte sich um ein Obdachlosenheim der Heilsarmee, aufgenommen im East End 1888. Nur einer der Männer schlief auf dem Rücken wie ein Toter, obwohl sicher alles furchtbar gestellt war, dieser Schlafende hatte einen dicken schwarzen Schnurrbart wie eine Pelzquaste, die sehr lebendig wirkte. Hätte ich nicht auf der weißgekachelten Wand der Haltestelle das nur leicht erhöhte, zarte Relief des allerdings wuchtigen Greifvogels bemerkt, wäre ich beinahe sitzen geblieben. Das Innere Londons wird von Greifen bewacht. Kleiner oder größer, beinahe übersehbar oder auf wuchtigen Säulen sich aufbäumend, markieren sie die Grenzen der City. Oft kehrte ich unwillkürlich um, wenn ich über mir das geflügelte Wesen entdeckte, die Löwenpranken mit

den scharfen Krallen, weit ausgebreitet die Adler-
schwingen, den Schnabel fauchend zum Himmel
gereckt. Nichts anderes wollte ich, als im Schutz
der Greifvögel zu bleiben.

Es war tatsächlich kühler geworden, in der Dunkelheit des Abends fror ich. Ob Jonathan zu dieser Stunde schon in Bethnal Green war? Dann sah
ich von weitem in der Menge sein helles T-Shirt.
Es war wohl einmal weiß gewesen, inzwischen war
es ziemlich verwaschen. Aber wie Jonathan nun so
ohne Lederjacke, aufrecht und unbeweglich, zwischen den Passanten stand, leuchtete es beinahe.
Und ausgerechnet jetzt kommt ein Tief, sagte ich
zur Begrüßung zu Jonathan und fixierte seine bloßen Arme. Er aber lachte unbekümmert und wies
mir höflich den Sitzplatz auf dem Zeitungspakken an. Wir haben doch schon Mitte Juni, sagte
Jonathan, und bald wird die Underground einen
Hitzeplan herausgeben! Nicht ohne Genuß schilderte er mir die baldige Schwüle in den Tunneln,
das verschwitzte Gedränge, die pure Atemnot, an
den Klimaanlagen würde rasend gespart, einige fielen überhaupt aus. Die Picadilly-, Northern- und
Bakerloo-Linien würden auf dem Hitzeplan stets
mit dem höchsten Risiko eingestuft, da könne die
Underground noch lange mit Plakaten ermahnen,
immer eine Wasserflasche bei sich zu haben, aber
wenn alles Wedeln mit einer Zeitung nichts mehr

nütze und die Leute reihenweise umfielen? Wenn ich mein Fahrrad nicht hätte, rief Jonathan aus, ich wäre verloren!

Plötzlich schwieg Jonathan und sah mich mit einem Ausdruck an, den ich nicht zu deuten vermochte. Wie blaß wirkten seine Arme in der Nacht, von einem fast unnatürlichen Weiß. Obwohl die Haut mit ein paar Sommersprossen gesprenkelt sein mußte, fast zwingend, dachte ich, bei dem rotblonden Haar. Aber welches Bild nur, versunken in der Vergangenheit, wurde von den bloßen Armen Jonathans heraufbeschworen und verlangte gebieterisch nach Leben? Nein, es waren nicht die hellen Arme meiner Mutter, die im Glyzinienschatten der Laube saß, aber es mußte mit ihr zusammenhängen. Zunehmend zerstreut betrachtete ich Jonathan, ohne ihn wirklich zu sehen. Donnerte hinter uns der Verkehr über die Brücke? Eilte die Menge von einem Themseufer zum andern? London Bridge is falling down, sagte Jonathan, falling down, falling down. Und nach einer Pause fügte er leise das Strophenende hinzu, my fair lady. Da schoß mir das Wasser in die Augen.

35

HIGH WATER 7.17 m

Etwas Gefährliches lag in der Luft. Von was fühlte
ich mich bedroht? Ich wünschte auf einmal, ich
läge in dem von grünlichem Halbdunkel erfüllten
Zimmer Jonathans in Penzance und der Lorbeer
wüchse durchs Fenster herein, unaufhaltsam, ex-
plosiv, mitten durch mich hindurch. Schon wurden meine Haare zu schwankenden Zweigen, aus
meinen Schultern trieb undurchdringliches Laubwerk! Jonathans Blick aber fand mich trotzdem.
Und im selben Augenblick, da ich ihm standhielt,
sah ich ganz klar in einem vergessenen unbeleuch-
teten Kellerwinkel die Schlittschuhstiefel meiner
Mutter, elegante Schnürstiefel, nur bis zur Waden-
mitte reichend, aus feinem weißem Leder, und im
Kellerzwielicht schimmerten sie ebenso bleich wie
Jonathans bloße Arme in der Nacht. Warum zog
sie meine Mutter nie mehr an? Nicht ein einziges
Mal habe ich meine Mutter auf dem Eis laufen gesehen. Dabei mußte sie, wie ich zufällig bei einem
Gespräch der älteren Tante über die kalten Winter von früher erfuhr, eine große Eiskunstläuferin
gewesen sein, zusammen mit meinem Onkel, das
schönste Paar! habe man im Dorf bewundernd
gesagt. Ein seltsames Fernweh haftete an den nie
mehr gebrauchten weißen Schnürstiefeln, an de-

ren Sohlen die Eisenkufen immer noch blinkten. Wie oft zog ich, nach Kartoffeln in den Keller geschickt, in jener dunklen Ecke den Davoser Schlitten beiseite, um die Schlittschuhstiefel zu betrachten. Was war es, das mich so an ihnen bezauberte? Ein unergründlicher Glanz ging von ihnen aus. Sie waren aus dem Stoff der Träume gemacht. Da lagen sie nun, aus einem früheren Leben meiner Mutter auf Grund gesunken. Und mir war, als hörte ich die Musik verlorener Unbeschwertheit.

Ich schreckte auf. Von was sprach Jonathan, von Sardinen? Tausenden und Abertausenden Sardinen! Mit kleinen heftigen Wirbeln floß die Themse dahin, Jonathan schien mit sich selbst zu reden. Ja, ein Juniabend wie dieser muß es gewesen sein, sagte er, und nun hörte ich aufmerksamer hin, vielleicht hatte er es bemerkt, denn er senkte leicht den Kopf. Aber dann fuhr Jonathan fort, es war noch hell, doch viele der Kinder hatte man bestimmt längst zum Schlafen geschickt, auch die Großmutter saß schon auf meiner Bettkante. Da war unversehens ein solcher Tumult am Strand. Ein Schreien und Rufen, die Sardinen, die Sardinen! Kommt mit nach Newlyn! Die Sardinen sind da! Wir eilten beide in den oberen Stock ans Fenster, ein ganzer Trupp von Jungen rannte das Meer entlang gegen Newlyn. Die Großmutter setzte sich in ihren Lehnstuhl. Nach ein paar Augenblicken sagte sie, ohne dabei schwerer zu atmen, es wird in der Bucht hinter Newlyn sein, dort, wo die ersten höheren Klippen sind, da springen die Sardinen an solchen Frühlingsabenden manchmal zu Tausenden! Sie mußte das unzähmbare Verlangen in meinen Augen gesehen haben. Geh, drängte sie, geh mit, nicht häufig sieht man ein solches Schauspiel! Mag sein, daß ich sie nochmals fragend anschaute, aber sie schien ganz heiter. Ich warte hier, sagte sie, geh nur!

Die Jungen rannten tatsächlich bis zur Bucht hinter Newlyn, fuhr Jonathan fort, und ich hatte sie mit anderen Verspäteten bald eingeholt. Auf dem Rand der Klippen war halb Newlyn versammelt. Es war ein wirres Lachen, Lärmen und Gestikulieren, und alle beugten sich hinunter in die Bucht. Dort unten brodelte das Meer! In der Abenddämmerung hätte man den Schwarm von Sardinen, die ja auf der Oberseite bläulichgrün getarnt sind, vielleicht gar nicht bemerkt. Aber ein paar Fischer mußten ihn entdeckt haben, sie waren bereits unten in der Bucht und versuchten, die Sardinen zu fangen, wozu sie nicht wie sonst üblich die großen Grundnetze benützten, sondern nur kleinere Netze auswarfen. Die Sardinen waren nun in vollkommenem Aufruhr. Sie kämpften um ihr Entkommen, sprangen sekundenschnell aus dem Wasser, silbrig schimmerte dabei ihre weiße Bauchseite auf, im fahlen Licht schossen sie wie Blitze hin und her. Die dichtversammelten Zuschauer oben am Klippenrand schrien begeistert durcheinander und kommandierten die Fischer in die Richtung der flüchtenden Sardinen. Ich weiß nicht, sagte Jonathan, wie lange wir das Spektakel verfolgten, es war tiefe Nacht geworden. Langsam legte sich das strudelnde Wasser unter uns, erlosch das Glimmen der Sardinen. Mit den großen Jungen zog ich heimwärts nach Penzance. Wie ausgelassen waren wir in jener Nacht! Wir ließen flache Steine weit hinaus aufs Meer springen und bewarfen uns gegenseitig mit den angeschwemmten Haufen noch feuchter Algen, niemand konnte in der Dunkelheit mein entstelltes Gesicht genauer sehen. Auf einmal war ich wie die anderen! Wir umklammerten einander und stießen uns in die anbrandenden Wellen, etwas Draufgängerisches, Trotziges riß mich hin, nie mehr würde ich abseits stehen, wir balgten und wälzten uns auf den glitschigen Strandsteinen wie junge Seehunde. Noch ganz erhitzt und durchnäßt von den Raufereien und glühend vor nie gekannter Lebenslust, betrat ich endlich das Haus der Großmutter. Sie war bestimmt schlafen gegangen. Doch die Tür ihres Zimmers stand offen, und das Bett war leer. Kein Laut regte sich. Ein schmaler Sichelmond ging am Horizont unter, und als ich die Großmutter im oberen Stockwerk suchte, hatte ich Mühe, ihre Umrisse im Lehnstuhl am Fenster zu erkennen. Ich wollte sie nicht wecken und trat nur ein paar Schritte näher, um mich ihres Schlafes zu vergewissern. Da fuhr ich zusammen. Sie war ja wach! Mit großen Augen schaute sie mich an. Aber die Pupillen bewegten sich nicht, sie starrten geradeaus an mir vorbei, wie damals bei dem blutenden verendeten Fisch, den mein Vater in den Armen hielt. Noch bevor ich ihre Hand ergriff, die seitlich vom Lehnstuhl herabhing, wußte ich, sie war eiskalt. Dennoch hielt ich sie lange, aber ich wagte nicht, die Großmutter zu umarmen, so wie damals mein Vater den toten Fisch. Ich schaute nur ununterbrochen in ihre weit aufgerissenen Augen, in denen immer noch der Befehl stand, geh, geh nur! Und dann bin ich wirklich losgerannt, noch in jener Nacht, von meiner Großmutter im Lehnstuhl weg, hinunter an den Strand, hinaus aus Penzance, fort vom Meer! Endlos bin ich weitergerannt, über den Tamar, weg von Cornwall, durch immer größere Städte, bis hierher, zur London Bridge.

Jonathan schwieg. Mir war, als hätte er mir etwas in die Arme gelegt, das unendlich viel schwerer wog als ein riesiger toter Fisch. Ein Gewicht, niederdrückender als die Last der von Fäule zerfressenen Wangen, der Knorpel über den Augenbrauen, des wulstig verdickten Mundes, und von dem er sich zum ersten Mal trennte. Nichts kam mir zu Hilfe. Kein Blätterrauschen, kein wuchernder Lorbeer. Längst liefen keine Passanten mehr über die Brücke. Und ich fühlte dieses Gewicht in meinen Armen immer schwerer werden. Jonathan! Hatte ich das gerufen? Aber ich hörte kaum meine eigene Stimme. Er zuckte, glaube ich, nur kurz zusammen.

36

HIGH WATER 7.16 m

In jener Nacht schlief ich wenig. Wieder und wieder saß die tote Großmutter mit den weit geöffneten Augen im Lehnstuhl vor mir, als wäre nicht Jonathan, sondern ich vor ihr geflohen. Dann stand ich abermals im Gang des alten Pfarrhofs, und in der rasch zunehmenden Dämmerung wich das Gesicht zurück, das im Traum so nah vor mir aufgetaucht war. Von neuem flammte das Glücksgefühl empor. Aber waren da Tränen auf dem Gesicht gewesen, immer noch Tränen? Der Gang war leer. Nur die Tür zum Waldzimmer hatte geknarrt, als wäre sie eben geschlossen worden. Noch bevor es Tag wurde, wußte ich, welche Gegengabe ich Jonathan überbringen mußte. Da gab es etwas in mir, etwas Versiegeltes, worüber ich nie zu jemandem gesprochen hatte. Aber wie konnte ich damit so beiläufig beginnen wie Jonathan? Oder vielleicht sollte ich ihn ganz im Gegenteil zuerst nach einer jener makaberen Geschichten fragen, von denen London voll ist und die Jonathan manchmal hervorzog? Was hatte er nur kürzlich von jenem despotischen Herzog erzählt, der vor langer Zeit den Londonern so verhaßt gewesen war, daß sie ihn nach seinem natürlichen Tod zwanzig Jahre unbestattet verrotten ließen? Man kann auch aus Treue, würde ich sagen, aus tiefer Treue einen Menschen niemals endgültig bestatten, immer wieder kommt er uns in einem dämmerigen Gang entgegen. Kann sein, daß Frieden von einem toten Gesicht ausgeht, unerklärlicher Frieden, aber der Kampf zuvor? Mein Vater kämpfte in seinen letzten Stunden, als er schon nicht mehr sprechen konnte, mit unvorstellbarer Kraft gegen eine Gewalt, die für uns unsichtbar blieb. Er war aus dem Bett gestiegen, mit alttestamentarischer Wucht richtete er sich auf, so stand er mitten im Zimmer, als wollte er uns verlassen. Wir vermochten ihn kaum zu halten. Rang er mit uns oder mit dem Tod? Eine Wildheit war über ihn gekommen, die ich an ihm, dem Heiteren, nie gekannt hatte. Geradezu dämonisch brach nochmals seine gesammelte Lebenskraft aus ihm, und ich, erst an der Schwelle des Erwachsenwerdens, nahm sie auf als verstörendes Vermächtnis. Noch als er still im Sarg lag und dieser später auf dem Leichenwagen unter einem im ununterbrochenen Schneefall seltsam leuchtenden Berg von Kränzen verschwand, mußte ich an diese eruptive Kraft denken, die dort unter den schneenassen Blumen immer noch lebendig sein mußte. War nicht sie es, die den Leichenwagen auf dem vereisten Pflaster bedrohlich ins Schlingern brachte, als die Pferde sich den leicht ansteigenden Hauptplatz hinaufmühten, der schwarz war von Menschen? In den engen Gassen aber warteten vor den Wirtschaften die Maskierten auf das Verhallen der Beerdigungsglocken. Sie hoben die Larvengesichter zum Himmel und rückten die jungen Tännchen zurecht, die sie bald hochgereckt beim alten Fasnachtstanz tragen würden. Mitten im zerreißendsten Schmerz glaubte ich, schon von allen Enden des Dorfs die Trommelwirbel zu hören, sie konnten nichts anderes sein als die Verlängerung jener unbändigen Lebenskraft meines Vaters, die immer wieder auferstehen würde.

37

LOW WATER 0.96 m

Davon wollte ich Jonathan erzählen. Sehr dringlich erschien es mir, dennoch ließ ich einen Tag verstreichen, ohne auf die London Bridge zu gehen. Furcht, daß Jonathan meine Gegengabe als unzureichenden Trost empfinden würde, verunsicherte mich. Er konnte so stolz sein. Mehr noch als am Anfang war er für mich, wenn ich ihn während des Redens im Profil betrachtete, ein junger Renaissancefürst, enterbt, gebrandmarkt, vertrieben. Wie Jonathan mich auslachen würde, wenn er das erführe! Auch daß ich in der Vorstellung daran arbeitete, das Haus seiner Großmutter in Penzance und mein verlorenes Sommerhaus zu einem Doppelhaus zusammenzufügen, wußte er natürlich nicht. Heute wollte ich ihm alles berichten. Wahrscheinlich hatte Jonathan bis jetzt einen eher konfusen Eindruck dieses Sommerhauses erhalten. Zudem wußte ich gar nicht mehr genau, was ich ihm wirklich erzählt und was er nur in mir geweckt hatte. Jedenfalls gaben meine Geschichten von zerlaufenden Eiskugeln, von Aalen und Schleiereulen kaum wieder, was der Onkel und dieses Haus für uns bedeuteten. Der Onkel war unser Lebensbaum. Er, der Kinderlose, war in einem viel umfassenderen Sinn unser Stammvater, der uns alle freudig um sich scharte. Meine Schwester und ich waren seine Sommerkinder, unsere Cousins und Cousinen seine Winterkinder. Das Versprechen der Güte und Intaktheit, den Freispruch von allem Trennenden zwischen Himmel und Erde angesichts der nächtlichen Sterne, hatte Jonathan dies nicht auch bei seiner Großmutter erfahren? Nichts kann für immer verschwinden! würde ich ihn bestürmen, sagte nicht sie ihm einmal, was die Ebbe nimmt, bringt die Flut wieder?

Ich war so überschwemmt von neuen Erinnerungen, die ich Jonathan mitteilen wollte, daß ich, wie um mich der Überfülle zu erwehren, noch ein paar Umwege machte und in einen Bus stieg, bevor ich zur London Bridge ging. Nach den kühleren Tagen wölbte sich ein wolkenloser Himmel über London, selbst vom Bus aus, mitten im Gedränge, sah man Ausschnitte des tiefsten Blaus. Mir gegenüber saß ein alter Pakistani. Er hielt in der Hand eine Gebetskette, die er unaufhörlich murmelnd langsam vorwärtsbewegte. Wenn die Sonnenstrahlen in den Bus fielen, glitzerten die Glaskugeln auf, und der Mann saß in eine andere Welt versunken in ihrem hellen Widerschein. Bei der Brick Lane verließ ich den Bus. Von weitem glänzte die metallene Ummantelung des Minaretts bei der Moschee. In diesem schlichten Gebäude sammelten sich die Sedimente der wechselnden Einwanderungswellen. Von den Hugenotten als protestantische Kirche erbaut, fanden später auch die in größtem Elend lebenden irischen Weber darin eine Zuflucht, dann wurde ein methodistisches Gotteshaus daraus, das wiederum in eine Synagoge verwandelt wurde, doch seit mehr als einem Vierteljahrhundert versammelten sich nun hier Muslime. Es war Freitag, und bald würden gegen Abend durch Lautsprecher, bis in die Salons der Männerfriseure hinein, die Gebete übertragen werden. Die Hochzeitstorten standen immer noch fest in der Brandung der Steine im Schaufenster. Die Puderzuckerglasur erschien mir noch gräulicher und schmutziger, aber auch die faustgroßen Steine waren von einer unübersehbaren Staubschicht überzogen. In der Parade der Hochzeitstorten war allerdings diejenige in der Mitte durch eine offensichtlich neue ersetzt worden, der Puderzuckerüberguß war makellos, zuoberst lag eine taufrische blutrote Nelke. Diese Torte war sorgsam in durchsichtiges Cellophan eingeschlagen, als würde sie im nächsten Augenblick abgeholt.

Nach einer kurzen Fahrt mit der Underground eilte ich zur London Bridge. Die Luft roch nach Algen und Meer. Doch wie still leuchtete das Wasser der Themse! Als wäre es nur der Seitenarm eines Sees. Der Menschenstrom hatte sich zu dieser Stunde in beide Richtungen gelichtet, aber Jonathans rotblondes Haar konnte ich noch nicht erblicken. Ich beschleunigte meine Schritte, bis ich das Ende der Brücke erreicht hatte. Am Platz, wo sonst Jonathan mit seinem Zeitungspacken stand, lehnte an der Brüstung ein vollkommen weißgestrichenes Fahrrad. Ich war so überrascht, daß ich keinen einzigen Gedanken fassen konnte. Alles war weiß an dem Fahrrad, der Sattel, die Lenkstange, die Räder, die

Pedale, selbst die Kette und die Speichen! Es hatte etwas von einer geisterhaften Erscheinung. Ebenso merkwürdig aber war, daß überall zwischen den Speichen struppige Binsen steckten, und da zog sich mir nun doch das Herz zusammen. Es waren jene langen stechenden Binsen, wie sie flußaufwärts am Ufer der Themse wachsen. Offensichtlich in Hast und so üppig waren sie zwischen die Speichen gepreßt, daß Vorderrad und Hinterrad zusammen zwei wilde Kränze bildeten. Die Binsen waren in voller Blüte ausgerissen worden, kaum wagte ich, die inneren Blütenblätter genauer anzusehen, waren da nicht diese häutigen Öhrchen? Ich starrte das weiße Fahrrad an, ohne das Geringste zu begreifen. Eine lärmende Schulklasse mit lauter Jungen näherte sich und schob mich beiseite. Sie schienen die binsenbekränzten Räder gar nicht zu sehen. Was nur wollte Jonathan mir sagen?

38

HIGH WATER 6.75 m

Das weiße Fahrrad quälte mich bis zur Schlaflosigkeit. War Jonathan etwas zugestoßen? Oder war alles nur eine witzige Maskerade, die ich nicht verstand, und Jonathan würde morgen wieder mit seinen Zeitungen auf der London Bridge stehen wie immer? Doch wenn er mit dem Fahrrad gestürzt war? Vielleicht sogar tödlich! Aber wer hätte dann das Fahrrad so hergerichtet? Als es hell wurde, stand ich lange am Fenster und wartete vergeblich auf die Rückkehr des schwarzen Taxis. Etwas stimmte nicht mit dem Taxifahrer. Daß er nachts wegblieb, war ich gewohnt, aber auch tagsüber parkierte er nicht mehr vor meiner Haustür, sondern fuhr frenetisch hupend kreuz und quer durch unsere Straßen, auch hatte er dabei alle Scheiben heruntergekurbelt und beschallte die ganze Gegend mit afrikanischen Gesängen. Auf den Rückspiegeln hatte er rechts und links je einen Wimpel befestigt, die im Fahrtwind flatterten, grün, gelb, rot, und sofern ich richtig sah, einen Stern in der Mitte, aber viele Wimpel im East End sahen sich täuschend ähnlich, ich mußte unbedingt den Bazarbesitzer fragen, er kannte sich darin aus. Sehr bald hatte eine tiefverschleierte Fahrlehrerin die begehrte Parklücke entdeckt und übte unter meinem Fenster mit ihren ebenso verschleierten Schülerinnen fleißig das Parkieren. Hie und da kontrollierte ich, wie sie es mit dem toten Winkel hielten. Sie machten es tadellos.

Mit einem Fanfarenstoß war der Frühling zurückgekehrt, und ich wußte nicht, was mit Jonathan geschehen war. Grundlos lief ich die Whitechapel

Road auf und ab, fuhr mit der Underground, verließ sie wieder und flüchtete in einen Park. Alles glänzte von Tau. Das Blau der blühenden Bäume spielte schon ins Schwarzviolett, auf dem Wasser trieben weiße Blütenblätter als Schaumkronen. Niemand saß auf den noch feuchten Parkbänken, selbst auf den entfernteren Wegen sah ich keinen Menschen. Da zupfte mich etwas energisch von hinten am Hosenbein. Ich drehte mich um, ein dickes Eichhörnchen mit einem enormen buschigen Schwanz versuchte, an mir hochzuklettern. Im ersten Augenblick mußte ich über die unerwartete Gesellschaft laut lachen, aber das Eichhörnchen war durchaus nicht zu beirren. Es hakte sich an mir fest, und alles Abschütteln blieb folgenlos. Nun wurde mir diese Zudringlichkeit doch zuviel. Ich drehte mich im Kreis und ruderte mit den Armen, das Eichhörnchen ließ ein erregtes Pfeifen und Zischen hören, ob aus Vergnügen oder Ärger war mir völlig unklar. Schließlich schleuderte ich abwechselnd die Beine von mir, bis es mit einem Hüpfer auf dem Boden landete. Beschwörend fixierte ich das kleine kräftige Tier, es war braunrot gefärbt und besaß ein aufreizend weißes Bäuchlein. Kurz bewegte es die Ohren hin und her, in denen ein paar lange Haare wie dünne Pinsel steckten, bereits hob es wieder den Schwanz, als wollte es sich erneut auf mich stürzen. Da nahm ich Reißaus. Aber je schneller ich lief, desto eifriger verfolgte mich das Eichhörnchen und überbot sich in akrobatischen Sprüngen. Es gelang mir nicht, es zu überlisten, es fand mich hinter jedem Baum und Strauch. Erst als ich begann, Kieselsteine in die Luft zu werfen, als wären es Nüsse, konnte ich es ablenken und zum Park hinaus in den Verkehr entwischen. Völlig außer Atem setzte ich mich in einen dunklen Pub.

Von einer Bedienung zu dieser Stunde keine Spur. Ich wollte auch gar nichts trinken, sondern mich nur von dem aufdringlichen Eichhörnchen erholen. Wie hartnäckig hatte es mir zugesetzt! Und dies an einem Morgen, da mich immer mehr ein Verlassenheitsgefühl ergriffen hatte. Das unverschämte Eichhörnchen hatte dieses nur noch verstärkt. Jonathan wollte ich wiedersehen. Jonathan. Ich sah mich in dem fast lichtlosen Pub um, in dem die Ledervorhänge zugezogen waren. Hier im Dunkel zu sitzen und ein vertrautes Tier still bei sich zu spüren, das hätte meine Traurigkeit beruhigt. So lange schon konnte ich nicht das weiche schwarze Fell meines Katers streicheln, wenn er sich in der Dämmerung an mich lehnte und die immer größer und tiefer werdenden Pupillen unverwandt auf mich richtete. Eine solche lautlose Intensität wuchs in seinem Blick, daß jede Antwort darauf armselig erschien. Dann hob er, wobei er mich keine Sekunde aus den Augen ließ, ganz langsam eine Vorderpfote, fuhr vorsichtig alle fünf Krallen aus, der kleine Panther, und verankerte sie fest in meinem nackten Arm, mit einem Stolz und einer Zartheit ohnegleichen. Und ich, ich hatte Jonathan nie berührt.

Wenn ich die Augen schloß, sah ich das weißgestrichene Fahrrad, als wäre es auf meiner Netzhaut eingebrannt. Es ist Mittag, sagte ich mir, jetzt gehe ich zur London Bridge. Vielleicht ist das Fahrrad wie ein Spuk verschwunden. Und Jonathan winkt mir von weitem entgegen! Hatte ich ihn mit irgend etwas verstimmt? Ich rief mir alle Momente ins Gedächtnis zurück, da ich ihn gereizt hatte. Eine noch dunklere Farbwolke war dann über die roten Flecken seines Gesichts geflogen. Die Leuchtkrake fiel mir ein, die bei einem Angriff die Farbe wechselt und zu leuchten beginnt, und Jonathan betrat wieder die Tribüne der Geisterbahn in Penzance und schwenkte triumphierend die Arme. Ungeduldig bahnte ich mir einen Weg durch die Menschenmenge, die mir auf der London Bridge wie eine Flutwelle entgegenkam. Noch nie war mir die Brücke so lang erschienen. Nun war ich schon über die Mitte hinaus, bald müßte ich den rotblonden Haarschopf Jonathans sehen, da versperrte mir ein Modefotograf mit seinem Model und einer ganzen Equipe die Sicht. Alle redeten auf das Model ein, das ein enganliegendes glänzendes Kleid wie aus schwarzem Latex und einen papageienartigen Hut trug und sich offensichtlich weigerte, sich auf die Brüstung zu setzen. Bitte! rief ich und hätte beinahe ein Stativ umgeworfen. Und dann sah ich durch eine plötzliche Lücke das weiße Fahrrad. Es lehnte immer noch an der Brüstung, nur ein wenig schiefer, und einzelne Binsen hingen aus den Speichen heraus, als hätte ein streunender Hund an ihnen gezerrt.

Bis in den Abend hinein lief ich an der Themse umher. Die Ahnung von etwas Unwiederbringlichem durchdrang mich immer mehr. Noch versuchte ich, sie niederzukämpfen. An der Station Embankment war mir, als hörte ich von der Eisenbahnbrücke her die schnellen unruhigen Rhythmen einer Steeldrum. Vielleicht saßen beide, Jonathan und sein Freund, auf dem Fußgängertrassee! Ich sprang die Stufen hinauf. Das Spiel klang merkwürdig in meinen Ohren, so hell und glatt, und brach ab, bevor ich den Spieler erreichte. Er saß allein im Licht eines Scheinwerfers und beugte sich gerade über seine Pfanne, als müßte er dort etwas zusammenkratzen. Ich zögerte einen Augenblick, denn sein Pullover war nicht schwarz, sondern grau. Das dunkle Kraushaar konnte ich nicht sehen, da die Kapuze in die Stirn gezogen war. Voller Erwartung blieb ich dicht vor ihm stehen. Der Spieler schaute brüsk von seiner Pfanne auf. Sprachlos starrte ich in ein bleiches, stirnrunzelndes Gesicht, lange Haarsträhnen hingen aus der Kapuze heraus. Auf dem grauen Pullover stand groß New Zealand. Ich konnte mich nicht rühren, gelähmt von einer tödlichen Unabänderlichkeit. Das schien den Steeldrummer nun wirklich gegen mich aufzubringen. Er packte seine Pfanne und schwang sie fluchend über meinem Kopf, bis ich eine Entschuldigung murmelte und mich entfernte. Erst am Ende des Fußgängertrassees blieb ich stehen und sah hinunter auf das schwarze Wasser der Themse. Schnell floß sie dahin, mit hörbarem Zug, da und dort akzentuiert durch das Quirlen eines kleinen Wirbels. Und wie eine Fortsetzung dieses Geräuschs fiel nun auch der Steeldrummer wieder mit seiner Musik ein, jetzt in kräftiger pulsierendem Rhythmus, als hätte er durch seinen Wutanfall zu etwas mehr Verve gefunden. Ich aber folgte mit den Augen der Strömung, bis an den Horizont. Trieben, wie vor Jahrtausenden, die losgerissenen Eicheninseln den Fluß hinunter? So verschwanden in einer Morgendämmerung auch die römischen Legionen, Hunderte von Schiffen fuhren meerwärts, um nie mehr wiederzukehren. Auch das Waldzimmer schwamm und kreiste auf dem Wasser, der rote Saal, das blaue Kabinett, das ganze Sommerhaus. Aber alle Lichter darin waren erloschen.

39

LOW WATER 1.24 m

Ich wachte auf mit dem Entschluß, die London
Bridge zu meiden. Warum war ich auf einmal be-
herrscht von der Gewißheit, daß das weiße Fahrrad zwar auch beim dritten Gang auf die Brücke
an der Brüstung lehnen würde, nur noch schiefer,
die Binsen endgültig herausgezerrt, daß dies jedoch
das letzte Mal wäre? Nachrichten vom Amazonas
waren eingetroffen. Ich bin wirklich auf der anderen Seite der Welt, schrieb die junge Frau, das Kind
von einst, immer mehr wird mir die Distanz bewußt, aber ich mag sie! Die Wellkartons der Obdachlosen an der Whitechapel Road schienen die
letzten Nächte nicht benützt worden zu sein, die
schmutzigen Decken waren in eine Ecke getreten.
Auf den ausgebreiteten Zeitungsseiten einer anderen Schlafstelle lagen so viele Blütenknospen, als
wüchsen sie von unten her aus dem Asphalt zwischen den Buchstaben hindurch. Jede Einzelheit
der bekannten Gegend sah ich fast schmerzhaft genau, und dennoch empfand ich eine seltsame Un-
wirklichkeit. Hatte denn nur die Aussicht, Jonathan
zu sehen und ihm davon zu erzählen, allem Leben
und Glanz verliehen? Selbst das Sommerhaus ent-
glitt mir wieder ohne ihn. Nicht einmal mehr an
den Duft der frischen Pfefferminze erinnerte ich

mich jetzt deutlich, der nach dem Mittagsschlaf die Gänge des Pfarrhofs erfüllt hatte. Immer wollte ich Jonathan davon berichten, von diesem Tee mit frischen Minzeblättern aus dem Garten, den die Tanten für uns aufsetzten, damit er uns beim Aufstehen mit seinem betörend aromatischen Wohlgeruch empfing. Man erwachte nach dem Mittagsschlaf wie nochmals zum Leben, und da dies mitten am Tag geschah, war dieses Gefühl viel stärker als am Morgen. Und weil der nächste Schlaf, derjenige der Nacht, schon näher rückte, wurde einem erregend klar, welch kurze Zeitspanne man im Licht stand. Es war das schon tiefere Nachmittagslicht, das unruhige Sonnenkringel auf die Treppe zeichnete, die hinunterführte in die Küche, wo einem bauchigen Steingutkrug dieser Duft entströmte, der uns zurück in den Tag verführte. Nie war es mir gelungen, Jonathan das Einfachste zu beschreiben, diesen Geruch der frischen Pfefferminze, und nun war er nicht mehr da. Ich ertappte mich, daß ich in meinem Inneren mit Jonathan schon wie mit einem Toten redete. Jetzt, da du alles weißt, und ich ergriff seine beiden Hände. Stürmisch!

40

HIGH WATER 6.44 m

Mir wurde unerträglich, was nicht mit Jonathan zu
tun hatte. Alles, was mich daran hinderte, in seinem Verlust zu wohnen, empfand ich als Vertrei-
bung aus meiner letzten Zuflucht. Und Gillian?
Nie würde ich erfahren, was aus Gillian geworden
war! Ich floh sogar die Themse, ihre schöne Unruhe, das Verwirrspiel ihrer Strömungen. Bis in die
Nacht hinein lief ich durch unbekannte Straßen
und Häuserschluchten, über Plätze und Hinterhöfe, ohne wirklich etwas zu sehen. Plötzlich aber
fesselte mich der Anblick eines Scheinwerfers. Er
wanderte in extremer Langsamkeit an der Fassade
eines Hochhauses empor. In seinem Lichtkegel bewegte sich etwas, aus der Entfernung insektenklein.
Etwas krabbelte dort an der Wand! Beim Näherkommen konnte ich Arme und Beine unterschei-
den, Helme, schwarze Sicherheitsgurte, in denen
zwei Arbeiter in gelben Schutzanzügen hingen und
sich an Seilen hochzogen. Unten stand ein Firmen-
wagen mit dem Scheinwerfer, der die Arbeiter, die
hie und da innehielten und einer nicht erkennbaren
Tätigkeit nachgingen, immer weiter hinaufbeglei-
tete. Zuerst begriff ich nicht, weshalb mich die zwei
Fassadenkletterer, leuchtend angestrahlt in ihren
gelben Anzügen und wie zusammengeschnürt von

215

den schwarzen Gurten, so bannten. Jetzt wurden sie, indem sie sich höher und höher an der Fassade hinaufbewegten, wieder insektenähnlicher. Und mit einem Mal war ich nicht mehr in London. Im Nordwind glänzte der ganze Süden auf. Die Bäume warfen scharfe Schatten, die Winterluft roch schon nach Frühling, und durch die engen gepflasterten Gassen des südlichen Bergdorfes rannten die als Bienen verkleideten Kinder. Zum Fasnachtsbeginn waren alle in einen grellgelben Umhang mit schwarzen Streifen geschlüpft, um den Kopf einen Kartonreif mit langen Fühlern, die beim Herumspringen wie Antennen wippten und wankten. Die am Rücken befestigten Papierflügel bremsten ein wenig die Ausgelassenheit der Kinder, die zudem mit einer kleinen Gelehrsamkeit ausgestattet waren. Sie trugen allerlei Attribute, die auf das geschäftige Leben der Bienen hinweisen sollten, etwa das Blütenbestäuben, das Nektarsammeln, meinem Kind aber, der Kleinsten in der Schar, hatte man ein Schildchen in die Hand gedrückt, welches es nun keinen Augenblick mehr losließ. Es hielt das Schildchen unentwegt mit beiden Händen vor der Brust und trug es wie eine Monstranz vor sich her. Es war ein gelbes Pappschild, darauf stand nur ein Wort, tempo. Es sollte daran erinnern, wie wichtig für die Bienen beim Blütenbestäuben das Wetter ist, aber dasselbe Wort bedeutet ja auch Zeit, und wie uns manchmal in einer fremden Sprache die Mehrdeutigkeit unvorbereitet trifft und bestürzt, las ich nun das Schildchen als aufschreckende Warnung. Auch über diesen bekiesten ovalen Platz mit den lange Schatten werfenden Bäumen, der lauen glänzenden Luft, in der sich die Kinder tummelten, als wäre es für eine Ewigkeit, würde die Zeit hinweggrasen und alle hineinreißen in ihren Trichter. Und als ahnte das Kind etwas vom Gewicht des Wortes in seinen Händen, stand es mit seinem Schildchen ganz still da, während der wohlgeordnete Staat der Bienen sich längst in Chaos aufgelöst hatte und Arbeiterbienen, Drohnen und Königin sich gegenseitig mit Konfetti und Papierschlangen bewarfen. Klein und bedroht stand das Kind mitten auf dem ovalen Platz. Noch bevor es Aschermittwoch wurde, fiel Schnee bis in die Niederungen und begrub unter sich die abgerissenen Bienenflügel aus Papier. Auf der Fassade des Londoner Hochhauses war kein Scheinwerferkegel mehr sichtbar. So manches noch hätte ich Jonathan fragen, so vieles von ihm hören wollen. Nur das aufwühlende Rätsel des weißen Fahrrads war mir geblieben. Und jetzt, von der Themse herüber vernehmbar, die weit ausschwingenden Glockentöne von Big Ben, grün und golden in der Dunkelheit.

41

LOW WATER 0.68 m

Mädchen warteten auf den oberirdischen Bahnsteigen der Underground, ohne zu frösteln, in
den leichtesten ärmellosen Kleidern. Flugzeuge
kreuzten unablässig vor dem klaren Himmel in so
geraden Linien, daß ihre Kondensstreifen ein ju-
bilierendes Spielbrettmuster in die Bläue warfen,
das sich im nächsten Augenblick verflüchtigte. Irgendwo, in meinem entferntesten Innern, hörte ich
zum ersten Mal wieder das Meer ans Ufer rollen,
ungestüm und kraftvoll. Es tat so weh, daß ich die
Augen schloß. War es Zeit, nach Hause zu gehen?
Am Morgen des letzten Frühlingstages bestieg ich
den Zug in Richtung Cornwall. Nach Penzance.

Mit Dank an Susan Soyinka,
deren Buch *From East End to Land's End* (Derby 2010)
mich auf die während des Zweiten Weltkriegs aus
dem Londoner East End nach Cornwall
evakuierten Kinder aufmerksam gemacht hat.